U0460007

浮生之河

若水 著

哈尔滨出版社

图书在版编目（CIP）数据

浮生之河 / 若水著. —哈尔滨：哈尔滨出版社，2023.3

ISBN 978-7-5484-7050-2

Ⅰ. ①浮… Ⅱ. ①若… Ⅲ. ①诗集－中国－当代 Ⅳ. ①I227

中国版本图书馆CIP数据核字(2022)第255811号

书　　名：浮生之河
FUSHENG ZHI HE

作　　者：若水　著
责任编辑：李维娜
封面设计：悟阅文化

出版发行：哈尔滨出版社（Harbin Publishing House）
社　　址：哈尔滨市香坊区泰山路82-9号　　邮编：150090
经　　销：全国新华书店
印　　刷：成都市兴雅致印务有限责任公司
网　　址：www.hrbcbs.com
E-mail：hrbcbs@yeah.net
编辑版权热线：（0451）87900271　87900272
销售热线：（0451）87900202　87900203

开　　本：880mm × 1230mm　1/32　印张：7.5　字数：70千字
版　　次：2023年3月第1版
印　　次：2023年3月第1次印刷
书　　号：ISBN 978-7-5484-7050-2
定　　价：78.00元

质而实绮，重建内心的灵魂家园

——评若水诗集《浮生之河》

周维强

若水把他2015年至2021年创作的159首诗集结成册，取名《浮生之河》，我仿佛看见诗人站在人生这条大河的河边，凝望着河水，思索着自己的来路和去途，周遭有芦苇相伴，泥香随行，审视自己的生活，在如何抽离俗世之扰的同时，完成诗意的转换。

若水的诗，初读质朴，再读却意蕴丰厚，反复读几遍，却又能读出令人感慨的人生百味。他的诗写他自己的心绪、自己的思考、自己的心情，但作为读诗者，我却发现，他写的是我的生活、我的思考、我的心绪，这就好比，他读懂了读诗者的所思所想。之所以我会有这种体会，是因为若水将他的个人生命体验上升到了共通的生命体验，并加以书写和整合，从而让他的诗歌有了诗意的普遍性和诗性的共通性。这既是技巧的升华，也是诗人自觉践行诗歌思考的一种呈现方式。

我很久没有在一本诗集里读到这样几重深意：一是诗人通过简化抒情完成深度叙事。若水的诗，节奏有韵，漫不经心地叙述，几乎不用多余的词来修饰，就达成了一个意象的、分层次意蕴的呈现。既有画面感，又有层次感。意象在诗意的氛围里几乎被隐去，读者读到的，是一个素朴的画面以及画面背后所折射的诗人的境地，安谧而纯净。二是诗人跳脱了传统的或者陈旧的“乡愁”题材，让还乡的心情和书写故乡的思考变得非常个性化且具有独特的生命体验。若水的诗，有其鲜明的审美特点，尤其是以“温岭”这个地域为原点然后扩散而来的诗题，只要把一首诗读完，几乎可以认定这是若水的诗。三是诗人恢复了中国传统诗歌的独立性与有感而发的境界，从“心”出发，寻找合适的字词，完成美感的转换。当前的诗歌写作，鱼龙混杂，形式各异，如何在诗歌创作中完成个体对诗学的一种全面认知，且建立自己内心的秩序与规则，我想是比一个诗人写什么和怎么写还要重要的事。这是一种标杆或者灯塔式的建设，只有方向一致，我想一个诗人的写作高度才能有所准备。四是重建内心的灵魂家园，我之所以用“重建”二字，是因为在若水之前的几本诗集里，他一直在建立自己内心的灵魂家园，这次重新整合近几年的诗作，是想在以往建设的基础上，达成进一步的提高，从而让灵魂的建设达成一种新的高度。

翻开诗集，诗人以某一年选辑为小标题，精选了那个时期的所思所感。2015年至2021年，若水每一年的诗歌写作，都维持在30首左右，在我看来这种诗歌写作和诗歌思考是有效的。和那些动辄每天一首或者每天几首几十首的诗人相比，我更愿意阅读若水这样能够凝神思考，集中自己思绪完成一瞬间沉淀的锐意表达。若水工作、生活在温岭，和已故诗人江一郎是同乡。读到若水的诗，脑海里自然浮现江一郎的身影，而读若水的诗，自然也会想到江一郎的诗。好在若水的诗有着自己独特的诗风，与江一郎的诗风在内里上气息相同，但又情致有别。于我而言，若水的诗，给我提供了另一种层面的文本阅读。幸甚之至。

诗集中的每一首诗都值得玩味，且看这首和诗集同名的《浮生之河》，诗分两节，上半节诗人写道："雨水落地，便有了一条浮生的河流/只看见花序，分秒一般的变化/隔着茫茫尘世/芦花，是一片遥远而模糊的光亮/光亮里呈现村落，由一个穿红袄衫的女人/把它放在河水里清洗"。落雨、花序、芦花、红袄衫，这一连串极具美感的词汇集中在一起，集中在雨水构筑的世界里，迷蒙、层叠。"雨水落地，便有了一条浮生的河流"是神来之笔，"浮生之河"既是苍茫之河，也是个体的心情之河。下半节："浮生尚在梦中/常常跑到河堤之上，看见多少人走远/多少人复来，都带着河流的声音/你的内心另有隐忧/告诉水，水有年代的伤/如一个人心中的繁花，一朵一朵/落下来，从一个伤口到另一个伤口/它颠覆了你孤独的尘世/而异乡，女人，和从未抵达的翅膀/是这个春夜走失的另一条河流”。下半节的每一行诗都能自成一首诗的诗眼，而组合在一起，不仅没有疏离感，反而更有机、更亲密。人生如河，河如人生，全诗所要叙述的人生境遇、人生曲折、人生的不确定感，通过诗歌表现出来，通过诗意表现出来，更有思考的深度与力度。诗中的“女人”“异乡”“浮生”等都有其象征性和指代性，这需要读者自己去体会，因为“一千个读者就有一千个哈姆雷特”，诗歌需要细细体会，然后细细玩味，才能有所感悟。

若水追求的是自然叙述，不带雕凿的痕迹，他的这种自然的叙述，就像水流匀速地推行。在我看来，他的这种自然和一般诗人的“自然”不同，大多数诗人把“自然”理解为纯天然甚至就是自然界本身，把诗歌的更多思考集中在诗人的内心以外。我觉得，这恰恰是一种本末倒置。若水的诗的“自然”是从内心出发，让情感自然而然地流露，外部世界只是一个参照，依旧需要用内心的情绪去撞击外部世界的动力。还有一点，若水的自然叙述生发于内心的爱与悲悯，一切的出发点，都来自内心的爱的推动。这是很重要的，没有了内心的那份真情、爱的推动，这份自然的叙述就会变得很生涩。《浮生之河》里的每一首诗，我都读了三遍以上，我是在读一个诗人人生况味的体会，读一个诗人品读人生的感慨。

比如，若水写《落叶》：“三月开桃花，四月过后繁花落/这些大地里的物种/应天从命/人世上，落魄的/有如从树上掉下去的叶子/每一片都在风中，每一片/都写着岁月/落到大地的深处/落在掌上的一枚/恰比我自己曾经有过的蓬勃/仿佛清晰的经络之间/走着一条不息的江河/仍在耳畔回响/挪到眼前，仔细端详/它也有同样的怜悯，望着我/一张逐渐衰退的老脸/仿佛在为一个共同的硬伤/而发出一声短吁。在这个/无人经过的午后/阳光还是无限地好/天空飘着白色的云朵”。借“落叶”喻每一个人的一生，似乎是很多诗人凝思的要点，但要想写好，颇费思量。若水不论从语言、立意还是氛围的营造都处理得非常好，整首诗，从解构到结尾处的留白，都有可取之处。哀而不伤，浓而不愁。类似的还有《渡口》《蔷薇》《麦地》等诗，处理得也是恰到好处。借物渲染情绪，传递内心的思考与萌动，“它也有同样的怜悯，望着我/一张逐渐衰退的老脸”两行，对物思量，拟人而有生命的气息，折射生命的律动，展示一种新鲜的生命衰老时的黯然与神伤。

若水的诗歌读得多了，让我坚信安于宁静的诗人是能够得到诗神和灵感垂青的。诗人的人生经验和生活经验在面对现实生活的反馈时，通过自我对现实的发现与批判、提纯与想象，好的诗歌作为精神的一种映衬，就会显现在纸上。当前，我们生活的焦虑或疑惑所在，就在于面对异化了的现实生活，诗人何为？是该积极主动地去面对，还是逃避，另辟一方热土安放自己的心灵？我想，通过阅读若水的诗歌，我们也许能够得到新的启迪。那就是，直面现实，用现实的美与丑，善与恶构建真实，在真实的世界里，让诗歌成为一种信仰、一种光芒，照亮黑暗，引导光明。诗歌是一种温情的叙述，在一种强大的精神力的支撑下，完成对抒情的个体的生命关怀。若水是一个勇于突破自我，不拘泥于传统抒情，对自己有着自我严格要求的诗人。在《浮生之河》这本诗集里，他实践着各种修辞手法和意象练习，力求语言清新，力求用最精简最合适的词表达最繁复的含义。

难能可贵的是，若水的诗心是向下的，是和底层和低处保持着平衡的状态。他本着诗心的纯粹，借助诗完成心灵的呼吸，借助诗达成寻找雅致生活的芬芳。我很长时间没有读到这样优雅而缓慢的抒情诗，每一行似乎是自由呼吸的空气自由阐释的一种表达。比如，《一碗煮面》这首诗，就是一个很平常的生活场景，就是一个我们司空见惯的生活细节，通过诗人的再发现，就有了新的阅读感受："想起小时，我跟着母亲在田路/挖一篮荠菜/雨下来，模糊了我的视线/和她逐渐不见的影子//午饭时，妻子给我端来一碗煮面/'记住古历二月十五日/你就会记起了她'/她这样说着，带着异样的语气/我也唏嘘/埋头吃一碗面，我在掩饰什么/我知道，她正看着我/她就这样默默地坐我对面/不止一次地流露爱怜

/与我的母亲多么相似/窗外正在下着雨，只是下着雨/与我记忆里的那一天，又是多么相似/我的眼睛潮润，这一次因我妻子/那一次因我母亲。这一次/与那一次，都是对着亲人举箸/心里的惆怅，不能轻易地触碰着它//午饭过后，妻子起身/而窗外的一些雨/继续下着，一些雨去了远方”。全诗仿佛一个微电影的镜头，在母亲、妻子和诗人三者之间来回切换，而“一碗煮面”是线索，连接着过去、当下和未来。面条中有亲情的寄托，有乡愁的沉淀，有爱情的温暖。母亲的形象和妻子的形象都是爱的化身，时而分离，时而重叠。我不仅感动于母爱的绵长，感动于妻子给予的爱情和温情，我还感动于诗人对这两份感情的再次发现，然后把这个温暖的画面借助诗歌阐释出来。结尾处，是颇有想象力的留白，借助雨表达思念，思念去了远方，有怀想，有比喻，有对未来的一种情思的审视和联想。

另一首《马鞭草不是我熟悉的麦子》则是对记忆里的乡村生活怀念的同时，对当下的一种暗讽：“马鞭草，遍地紫色的花穗/一群细腰的女人，走水边，都是人间/云朵和雨水给我空寂的美感//这么辽阔一片，可以比喻成紫色的海洋/可我看不见一条鱼游过//水边的白鹭，它惊恐的眼色/告诉我，这样的对视是多么地不合时宜//或者告诉我，马鞭草不是我熟悉的麦子/马鞭草里没有炊烟//我再也看不见田塍、牛羊，和一个荷锄之人/斜风细雨里归去”。这首诗我的理解，有三层意思：一是对乡村生活的怀念，怀念有着爱情与理想的乡村生活；二是城市化的推进，“马鞭草”取代了“炊烟”，城市化带来了欲望，带来了空寂的美感，是否会让诗人无所适从？三是通过一种现象化的对比，在诗歌中保持着一种观察的视角，神秘而纯真。

澳大利亚诗人艾里克斯·史可容说：“我们一直在寻找另一个自我，希望他陪伴我们生活——给我们巨大满足和平静，这就是诗歌。”若水的诗，其实，无形之中，就在寻找另一个自我，寻找那个抽离俗世生活，安宁、平静且能直面内心的自己。文学不同于科学，科学在于求“真”，而文学在于求“心”。诗人乐此不疲地寻找诗歌的奥秘，在我看来就是要解决现实生活与内心紧张时，那一瞬间的悸动与感动，创造美，发现美，让美的震撼来唤醒内心的柔软，领受表达的真谛。

诗歌不仅仅是一种语言的艺术，它还是人类可以挖掘的精神能源，是对人性观照的一种体现和拯救，是对美的再创造、再发现。墨西哥诗人帕斯曾说：“诗歌是知识、拯救、权利、抛弃。诗歌活动能够改变世界；它天生就是革命的，是精神操练，是内心解放的一种方式。”读完《浮生之河》，我似乎更能理解帕斯关于诗歌的定义。若水在每一首诗歌里都安放了自己思索的密码，是有意的，也是有心的，他在思考着现实生活中每一个能够打动心绪的地方，然后完善自己内心的波动。若水拥有一颗敏感的心，对俗世生活葆有诗心的同时，细致地传递着内心的诗意感觉，他在实践着属于自己的诗歌表达，也在激发着另一种灵感的存在。

周维强，从事评论写作多年，结业于浙江文学院青年作家（诸暨）班。在《青春·中国作家研究》《中国艺术报》《当代教育》《浙江作家》《上海作家》《四川作家》《华西都市报》《新疆艺术》等报刊发表文学评论数百篇。荣获“钱潮杯”首届青年创意家·网络文艺评论奖，入围首届杭州青年文艺评论大赛奖，获第五届“诗探索·中国诗歌发现奖”提名。

目录

CONTENTS

2015年至2016年选辑

2017年选辑

2018年选辑

2019年选辑

2020年选辑

2021年选辑

2015年
至
2016年
选辑

在宁静和荒芜之间

只有静默的时光存在过
它把一些事件和故事，存放于
一个被荒弃的渡口，逐渐久远

流水，且宽。水在说出它的空茫和流觞
芦苇只为寂寞的一生

在河岸，我是一个人徘徊，沉溺
置身于这荒寂之地
由着细浪涌来，轻拍我这颗空落的心
有着难以言说的惆怅

这苇塘，这边地的荆棘
刺痛了我的眼，而瓦砾里开出雏菊
此时已冰凉了我的袖口
村落已然逝去

四周寂静。芦苇，荆棘，野菊
这些自然之物
与绚烂的斜阳，它们一起保持了乡村
原有的风貌

也是它们，正为我佐证生长和死亡
意义，或者虚无

2015/11/25

溪畔

依然是逐日流水
一些紫色、蓝色的小花，寂寞地开着
谢了，没有人特别注意

没有人特别关心我的来过
或者离去。那是多么落魄的一个人
在他再次到来时
一个人站在那里唏嘘
雨从山林之上飘落下来
便是凉的愁绪

没有人来经过我
雨幕之下，村落静候在那里
多像一个世纪老人
流水带走了屈辱和厄运
一个久远的时代，留下了它的缩影
不为人知

我的一次次彷徨、游荡
多像一个不归的浪人，只是经过之时
向逝去之物致哀，而离开

使我又一次得到了救赎

而现在，正好静默的时候
梧桐的雨滴在风里颤抖，落下来
打湿了我的视线
并逐渐隐去了前面的路径

2015/11/26

蔷薇

我所遇见的蔷薇
只是孤单，占据山野小小的某个角落
但时间没有阻止它如期开放
有着一样的逢生之美

风雨过后，阳光也会光顾这里
但时间很短
几株树木葱茏，远处的红色砖墙
也有着足够饱满的红晕
而它只是浸润着大地的寂静之气
散发暗香

我想，这个季节没有宠儿
谁开过了，便消损了
只有它，从夏天的身体里浮现出来
孤单地蓬勃

或者，让一株蔷薇离开
留下所有追赶的脚步，以及空荡荡的
秋天
而孤单的蓬勃也便结束了

2015/11/30

每一次写到芦苇

每一次写到芦苇，一直到它们小小的身体
在冷冷的风中，和我一起停留在人世
紧挨岁月的刀子
那些被割痛的，不再是光滑温暖的肌肤
那些吹在风里的芦花
每一天在我行走的路上，被流水带走
这些来自生活的悲哀
以及我更多的期待和遭遇
不为人知
有时候我就坐在它们中间，等着天黑下来
仿佛有被抽空一生的感觉

2016/08/25

雨落下来

雨落下来，为什么
要在这个黑夜，如一个人手执一条鞭子
乱打一阵
让我看见它的冒失

它的不谙人世，让我愁眉不展
发出叹息之声

我不希望一个浸淫的大地万物凋敝
灾难复加。让一个瓦当
或者一段朽木发出一阵破碎的声音

我只希望它安静地下来
所有的草木抬头，或者掩面而泣的样子
我生悲悯之心

2016/08/25

渡口

一只船沉没在了海洋，渡口
留下它的全部悲怆
而不断涌来的潮水，要在更晚些时候
带走揪心的一切

暮晚总是逢时到来
总会看见渡口的三个孩子
在橘黄色夕阳里
静默着影子
总在这个时候恍惚
爷爷在波光的深处喊他
爸爸在半个岛影里喊他
这时，总会有一个孩子，他的转身
被一阵悲哀蒙住

2016/08/25

林中

走入树林，仿佛入世的唯一路径
其中的静
如我所听见心中的繁花
一次次落尽
在与日月交替，疾风过耳之时
一次次，得到彼此的谅解

林子很大
每一棵树都有它们生长的秘密
都是它们自己的尘世
每一片叶子
它们以绿色呼唤一粒尘埃
在与另一粒尘埃的交谈中
让我的呼吸变成绿色
阳光也随时可以跟进来，以及风
它比草尖上的水滴更明亮些
草结着草籽
从未有过的逢生之美

而在此刻，我将变成一个很大的人
穿过每一片叶子的呼吸

去赶一场虫鸟的音乐
光影，和山涧流水是一段合奏的
低音区

2016/10/02

麦地

雾散尽，村子在一株枣花浮现
那些低音的河流
那些舒展的蛙声，和风吹着
大片金黄的麦子
发出的沙沙声

天空多么蔚蓝
风吹起姑娘的白裙子
吹着我们这些人
盲目赶路，不懂得
在一粒麦子里栖身多么奢侈

风继续吹走了我眼前的枣村
没有一个人从巷子里走出来
他们都回到了麦地
他们都回到了云端

2016/10/07

重阳

九月的茱萸，漫山遍野
满街都是茱萸人
他们登高，吟诗，饮菊花酒
也不妨说到一些伤心人的伤心事
从坊间说到朝廷
说到生前后事，一阵阵唏嘘
醉了，也不妨放肆地醉了
乘着夜里月色回到他们的朝代
或者今天
帝王的陵寝荒草依然
而白马与菊，隐于途
一个与另一个时间，都被登高的人
带上山，挂在风口的那株树上
走的时候忘记带回来

2016/10/10

归

依然是植被和草的方向
雨，时停时下。太阳出来的时候
蓝紫的小花反复怒放
两间木屋靠水，安静

类似土堆的坟茔
等一个花样少年，暮年归来
以古老的方式跪拜
默念
没有人听懂他都说了些什么
只有住在里面的那个人摇头叹息
泪流满面

2016/01/10

前世

天空瓦蓝，河水很清
柳条垂下，想拦截你宋词一阕的白衣衫
你爱意的眼睑拦着我
那一年，我不读唐诗，也不知道
北宋的易安居士
曾写过一阕《武陵春》
我们行走的时光，在江河的长堤之上
没有刻下任何印记
春恨一拨一拨地荡漾，青草继续青
那一年，你也看到了等在渡口的那一只船
我的未到，不知风雨

2016/10/12

一直持续着的塌陷

我一直沉默在无处不在的陷落中

不断涌来的海水
在一块礁石上穿越了一万次
一万次落下去的旋涡
等待它
在这样一个无人问津的秋夜
分娩成一望无际的白
岛礁淹没
海浪一次次淹没了自己，和我们
一直持续的恐惧
让我无以言说（但可究其中的原因）

什么时候，总以为可以很放肆
很放肆地踩踏
白马深陷于雪，折戟沉沙
而城池毁于战火，只在一夜之间
便可抹去带血的记忆
继续浪涌。我担心
一个人的午后和一个漫长的秋夜之间
出现新鲜的裂痕

2016/11/06

海湾

长达一个多月的航程
这些船回来，归拢在一起，开始休渔
回家了，劲也松了
那些水手，没有记笔记的习惯
也不会逢人便说海上的经历
他们有点厌倦风浪，看见了感伤的船
这个时间里他们更多地聚在一起打牌
喝酒聊天。或者一个人走开
靠着桅杆抽烟，看见风里飘扬的旗子
逐渐迷糊起来
海鸟也逐渐多了起来
他们在低空的暖阳里
快乐地飞上飞下

2015/01/19

红珊瑚

生命投身于大海
一千多年了，还在燃烧的火
浪花里最柔软的部分
是摇曳的花
海水在奔跑
在它的身后，是生病的珊瑚，是草
是礁石
熄灭的是火，是花的容
熄灭的是招展
是鱼儿死亡以后冰冷的嘴唇
咬紧了低语
是累累白骨咬紧了牙关
而我们采集浪花
呈于案头，企图从海水里析出
对那场燃烧的记忆
却不知道石头的痛

2015/01/24

孤独的船

我有一条孤独的河流
河堤很长，寂寞，开一世的芦花
夜晚，我会听见风声
听见了水声
一条河流，有一只孤独的船
载着漂泊的人生
船，是我的孤独
我的步履
水，说出了我的无言，虚无
和击伤
像一种忤逆
一世的船
没有到达的岸
甚至可以方向不明
流水里，年年芦花
慌慌开过
我不曾抵达

2015/04/27

珠游溪暮色

草色加深
远处的飞鸟不见了它的踪影
暮色矮下来
在比我的视线和鞋尖还要低的时候
我所看见珠游溪的薄纱蒙面
它的柔软和静谧
继续走下去
我所遇见一个曼妙的姑娘
在河边独自静立，身体里有多少波涛
突然停了下来
而此时，前面三两个人的影子
漫来这边
他们的说笑过于轻狂
没有风，除了灯光的倒影
可以在一大片的空白里
衍生联想
山那边的潮音可以贴着水面飘来
山顶上此时响起的寺庙钟声
缓慢地落下来
像失重的尘埃

2016/08/26

雨又落下来

天色未暗，眼前的影子暗下来
走在雨里的人，总以为不辨方向
错失时点
任凭着一拨拨动车
从那树林的后面呼啸而去

多年以来，所有的希冀
尚不能填满落魄的步履
总以为，握一滴雨在手心
就能揉碎天下人的悲伤

但雨还是落下来
屋檐下那些单薄的叶子
那些地上的草花，不因为我的寂寞
而感到沮丧
这雨，落在人间
落在我们空白的记忆
还要落在一些腐朽的声音之内

2016/10/12

2017年选辑

长在父亲残肢傲骨的花

在沅陵县五强溪镇牛狮坪村
一股起于大山深处的强弩之风
穿峡而过
让一块恰到好处的寄身立命之所
迅速夷为平地

唯有风是鬼魅的杀手
下手时不见刀光剑影，收手后找不到它的
形迹
而遍地的瓦砾，山谷里从未有过的寂静
而父亲的茫然四顾
突然被女儿的一阵琅琅书声，扳转他
不可夺命的头颅

风停了，在后山找几块木板权当一个家
天冷了，用一床被抱紧三个人的内心
用一天砍竹子换来的二十八元钱
放在女儿的书本里，知识开花
一心一意生长

这个苦命的女孩，不肯轻易落泪的

李思君。一朵长在父亲残肢傲骨上的花
一抔土让它落地
找一处风和日丽，让它绽放，摇曳

生命不会因为悲伤而沉寂
如这大山里，有多少砍不完的竹子
就有多少砍不完的苦难
父亲他懂。只要能听见女儿读一首好听的诗
只要能看见她每天在光影里拔节的身影
哪怕再累再苦，他也要这样砍下去
直到把自己砍完

2017/01/04

一滴雨落在腐朽的声音里

一滴雨，在秋凉里飘落
瓦楞上发出破碎的声音，是窗户被风挤破
灯火昏暗
一粒尘埃扑打在发黄的书页，那位书生
正在扳动一滴泪
面色发青。他的手指太过瘦削
一个皇朝太过瘦削

一滴雨没有停止它
在一本书上飞出。在一个女人启窗时刻
它袭击了她的花期
胸脯日渐松弛。依次是：巷子里的旧木格
犬吠，落花
和更深的时光

一滴雨落在人间
车轮碾过，那些衰草的声音，腐朽的愿望
都在一只破瓦罐里喑哑

2017/01/13

冬夜

而此刻，风紧
黑夜里，不断旋转它的翅膀
搬空了巷子
树上，和人家屋檐底下被搬空
犬吠被搬空
路上，孤独的车轮
发出疼痛的叫喊
在旷野突然停止
惊魂的鸟
吃着夜草的马
它们不知道，父亲半夜的咳嗽
是什么时候
被一阵风吹破的
不知道，一个人正在午夜赶回
他一身的乡愁千疮百孔

2017/01/20

故土

天空里，仍有几片叶子落下来
路的两边是枯草
踩着破棉絮一样的感觉

此前，树上长满了想象的叶子
桃李开花
众鸟归林
可以有诉说不完的欲望

此前，比这更早些时候
一个从一粒谷子剥出的时光里
男女相爱，月亮害羞
随地抓一把草
也能说上大半天的悄悄话

现在，故土离我而去
没有人问我，在找他们其中的一个人
甚至没有人问我从哪里来
晚风不给我指引方向
被称为野草的植物
覆盖了全部的过去

活着的事物，正在我的身体里生病

失忆

2017/01/31

愧疚

半山腰人家，被树和竹子遮挡
声音和过去的岁月
也被掩在里面
风雨光顾这里
树木和房子一天天变老，心慌
像一天
我们单膝跪地
从一垄滥田里取出蛙鸣，谷粒
以脆弱的雷声
来安顿我们漫长的一生
重返故园
一头牛死了
没来得及痛恨一根荆条
一头牛来不及痛恨
就死了
与一万朵桃花落地
有着同样的愧疚

2017/02/08

里垄谷

一个就要逝去的村庄
墙塌下来，像患骨质疏松的那位远亲
一只手扶着夕阳
风还是要继续吹破窗户
吹尽一万朵梨花落地
可是，太阳还是每天从东山升起
村头的油桐还是四月的花期
不比往年
晚来几天
而那些啄食的麻雀会更放肆些
吃着地里长的谷子
并不担心下一顿的饥饿
要立即提上议事日程
而我们这些游玩的人，也多少
偏激于落寞
荒芜更喜于葱茏
衰落更比于繁华的意义
进入无人的屋弄，想象如风拂枝荡
拽住一根墙草也会唏嘘半天
溪流婉转，叮咚作响
天上的云朵是从未有过的白

听落花的声音
以此来打发一个下午的慢时光

2017/02/08

山野

遍长草木
我感到那是大地对季节的亏欠
杜鹃花，只在一夜之间
就开满前面的山坡，绽放是一次
蓄谋已久的冲动

我的路过，必须容忍它们的蓬勃
由一条带刺的荆棘
在我的皮肉上放肆地开花

现在，我把亏欠都还给了草木
为什么
眼睛里，还蓄满歉疚的泪花

山雾漫起，雨又下来
我渴望迷路
可以一个人，像花一样自由开落
或者与虫兽表明我的善意
我可以，再将一对翅膀还给鸟雀
远处是无垠的天边

2017/02/22

浮生之河

雨水落地，便有了一条浮生的河流
只看见花序，分秒一般的变化
隔着茫茫尘世
芦花，是一片遥远而模糊的光亮
光亮里呈现村落，由一个穿红袄衫的女人
把它放在河水里清洗

浮生尚在梦中
常常跑到河堤之上，看见多少人走远
多少人复来，都带着河流的声音
你的内心另有隐忧
告诉水，水有年代的伤
如一个人心中的繁花，一朵一朵
落下来，从一个伤口到另一个伤口
它颠覆了你孤独的尘世
而异乡，女人，和从未抵达的翅膀
是这个春夜走失的另一条河流

2017/02/22

紫阳街

我总怀疑一座古旧的城池
对我们隐瞒了什么
每一次来过，我都要用势利的目光
叩问每一个路人
每一扇旧木板缄口不言
城门洞开，是从什么时候开始
紫阳街夜里再无宵禁
霓虹灯光，浮在夜色的街上和半空
如澜微漾。它使我着迷
并有着足够的默想
此时，风起
三两个人影，从打烊的一家排档走出
在转角处很快消失
而眼前，半掩门楣的那个女孩
她的惊慌不定
是我今夜不能入睡的唯一理由

2017/04/03

陀螺

醒来，睡去。不过是一天接着一天
过去
折返。一拨一拨的花竞相开放
又都如数落下

我怀念柳絮飘飞的日子
天空是单纯的蓝，眼前一阵阵眩晕
向南而去的人，雨夜里出门
为什么要走半个人生的里程
一次次，在泪水和仇恨里穿过
连同穿堂里的一阵风
雨夜里，有太多不相干的事情发生
又都相干
天有不测
流水里有旋转的深渊

你看，广场上的人们又开始跳踢踏舞了
陀螺似的转

2017/04/10

寺前桥

在一座桥的身世里
它向我们隐瞒了嘉庆皇朝的天空
以及人间，遍种五谷
街市设在船埠
或者桥墩两端的空地
小贩们说乡村白话
流水是旧时的歌谣
每一株隐藏在民间的桑麻
都有它们的名字和忧伤

寺前桥，横卧在金清大河两岸
它的存在，见证了逐渐的远去
并且消失
岁月不只是苍白的一行文字
我们可以用一个上午的时间
在古旧的桥亭逗留、静默
我们甚至可以在桥墩的两端
再一次
给时间的马车让路

2017/05/03

老街

过去是它的，我从没有想过它曾经的繁华
只是默默走过，叹息

现在，它立在河边，纷披着古老的藤蔓
多像一个怀旧的老人。皇朝不再
车马已经远了
那些横竖着的声音，飞起落下的声音
都跑进了两边的石头

而一株榆钱还在，像一个老人走不动了
就坐在亭边歇息

偶尔，有一辆旧式的木板车吱呀而来
我误以为，是一场古装大戏落幕以后
推走的道具

2017/05/04

五月的南方

光是眼前这株桑，风一吹长小片叶
风一吹，长一树大片的叶子
这五月的大地，你去野外走走
一抬脚，便踩到了蓬勃
一恍惚，便又回到了立夏、小满、芒种、夏至
回到了村庄和庄稼
我踩到了麦粒的尖叫，沙沙地响到百米之外
就连这雨滴
也长一对翅膀
在我的思想，和记忆的麦地
尽情地飞翔

水的恣意汪洋。草木向上，或者倒垂
它们在大地上无极地生长
葳蕤，是蔷薇开出紫白两色的花
香满盈枝，任意弥漫
是人生流溢太多的幸福，挽不住
是撒手人寰
一座城池，也是用茂盛的绿色
拥戴出来的
一旦丢失，草木凋零

这是五月的南方，雨水呼唤着遍地植物
那个在路上打伞、穿花裙子的女孩
在一个村庄的拐角站下来
又默默地走了。她要在什么时候走回来
下一个拐角又在哪里，没有人知道

2017/05/16

芒种

仲夏到了，梅雨也要跟着来
草木葱茏，蔓延至田埂、山坡
几阵雷声
来自天外，从草尖上滚过
螳螂挡不住
不煮青梅，送花神也是早先的事了
豆不隔宿，五月栽薯
人间无处不忙于农事

日照和雨水是芒种的。一粒带芒的麦子
放在风的手掌里抚过
扎心

一大早便去了地里，父亲抬头看了看灰蒙的天
开镰，还是先选择下种的日子
一切都未定夺
又停不住地抬头、搓手
他所做的这一切被我看见
也对我的不谙世事，在他回看我的一眼里
再一次有了彻底的否定

2017/05/18

七月流火

这天空
流云被一群神仙押解上路
还有鸟翅的流亡，对应人间悲戚
七月流火
这苦夏便是天时排定
沉默是一个暗号
是你的，我的，暮色中穿行
不能抵达
天亮之前，由一阵风雨
击穿一座城市的心脏
瓦砾沉没水中
蚂蚁找不到它们的故乡

2017/07/15

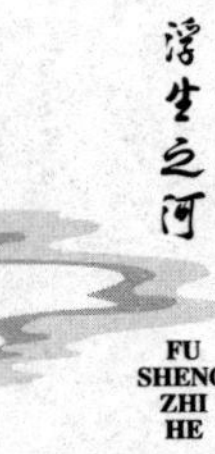

草滩

河流过来，云流过来
它们都是以前熟悉，和陌生的面孔
草滩的面孔
高处阔叶林的面孔
它们逐日长出沧桑的斑点来
像被风雨吹着的一个人
说不出太多的无奈哀怨

这边有几只白鸟，在草滩上
低头行走，啄食
那边也有一群
时而抬起它们茫然的头颅
天地空寂
往哪个方向走都一样
风从草滩上吹过来，这声音开始老了
日复一日，无以挽留
隔几日，这些鸟将踩着草的骨头
穿越冬季

2017/09/05

午夜时分

月光的声音，一波一波
从听觉的一条河里
在我头顶的树梢，被风拽入夜晚的深处
轻如一缕呼吸
穿过我，又飘到外面
我追寻它的踪迹，却不能看见月光
四处拨弄的手指
在翻找什么，窸窸窣窣
是那些被惊动的宿鸟，和叶子的不安
如心中某些不曾揭开的隐秘
乱我此时方寸

转出来，是午夜时分
是遍地月光汇成的河流，船和人间
浮在上面
一夜的情话在流
乡愁在流
而我今夜却是这河流上的独行客

2017/09/07

凉夜

灯火暗了，却无睡意
走出屋来，伸腰捶背
月在中天
树上和台阶都似被泼了一遍干净的凉水
眼前清亮
河边不远，何不转上一圈
看一看水中月
可以放下许多人间事
风吹落露珠，光的泯灭和风的虚无
从一开始，它们都在
暗测我的内心

夜渐深，我从光里抽身而回
又投入另一场月光

2017/09/07

风吹

风自北方而来，吹落树上的叶子
吹低了草木
远近的村落，仿佛一夜之间穷尽了
一世的温顺
择荒，河流去西边赶路

既往的风，弓着身子赶来
一次次被遣返，仿佛异乡之人带着伤口上路
在父亲喑哑的呼喊里转身
眼里含着落寞的神情
一个它曾经带领紫云英的春天
一个它沿途生长树木亡命过野兽的旷野
几乎掉尽了肉体
露出干硬的骨头

如约而至的一场风，就在此刻
它苍茫的身影从我眼前掠过
遮蔽了风尘
而它的吹拂在脸上，和我的内心
纷纷落下雪花

2017/10/16

湮灭

风起，一件单衣被吹去
半江水被吹去
不肯掉下来的叶子，都要掉下来
看它们在半空上飞
贴着地面飞起，落下
没有人知道它眼前的光影，一晃而过
世态变得不可捉摸
天空逐渐暗淡下来
秋天的瓦罐被打翻
蛰伏地下的虫豸，这些季节的落难者
没有人知道它藏匿的洞穴
也不告诉你它的幻想和绝灭
蛰伏下来
黎明和黑夜，隐居的日子里
无须窗户和瞭望
子虚乌有的社稷被湮灭
喧嚣，怪诞，沮丧被湮灭
安静下来的街衢
安静下来的逐渐掏空的一棵树
安静下来的，有如我一生的过眼浮云
被湮灭

2017/12/12

穿过田野

前江村，坭屋村，东浦农场
这是一路的田野
招引我
这是接受阳光而不是沿途消遣
这是一次转身和膜拜
这样一个昔日生长着炊烟，和老水车消失的地方
祖辈的手指
在一片洪荒之上开拓生命的疆土
哪怕是荠菜果腹的日子
天是蓝的
流水是清澈的
那时，风从海的堤坝那边吹下来
一直吹
在午后的天空，在一个人走向麦地的尽头
留下它的印迹
就像这个下午，我穿过的这片田野
一定有一些野菊在燃烧
一定会遇见觅食的麻雀，惊慌地飞过头顶
落在那边的屋檐。一颗草籽

留下过往的时光，和在那边的土坎
留下一株榆钱的身影，被风吹动

2017/11/20

这是个多么单纯的下午

风吹过树梢，风从海堤上
大面积吹下来
不留死角
这是个多么单纯的季节
大地用所有的叶子和耐心
长出更大的青色
这是沿途派驻的西蓝花
它的纯粹，一直不断强大的青色
吃下整片领地
这是下午两点的我，不问南北
不辨西东地闯入
让眼下的抱怨，变为寂寞
以至于被完全围堵以后
找不到一点退路
这是个多么单纯的下午
像所有的生长
从视觉听觉都一齐消失
我同样被它毫不费力地吃掉

2017/11/22

离开团蒲

一条公路在通向河道的转弯处
隐而不见
不断地，有些人事隐而不见
麦粒早已死了
炊烟被砌入记忆的石头
那一年，在最后的戏班子撤走的时候
人们看见老江头在西村口的小树林里
转了一圈
从此没见他回来
还有他家那吱吱呀呀的老水车呢
还有我飞满蜻蜓的后院呢

车子再次开进河湾，再往西开
就要驶离团蒲的地界了
行程匆匆，绵延不断的海塘地在我眼前
一闪而过
我隔着窗玻璃，隔着不断飘移过来
又不断飘移过去的树影，长辫子，蓝头巾
隔着就要在对面山坳落下去的
那一抹云彩
我的心头涌起一缕酸涩和爱恋

2017/11/24

久违的田园

早晨的露水是忧伤的音乐
它俘虏了我
还有鸟禽的叫声从小树林那边
传来，揪我的心

这是一个熟透了的季节
人家的篱笆边落下一枚晚熟的果子
还有田园的草籽
落下来
它们都有一颗碎掉的心

太阳的光晕浮在草垛上
把我的影子拽进去
彼此没有一句熟悉相通的耳语
可以用来抵消
它们日久相持的误会

风突然停止。我听见了植物的呼吸
是用它的叶子来打开
蒲公英忽然又是一朵轻棉絮
落在额头

我现在正用一根手指摁着它，抵着它
呼吸急迫，心里有点怵

2017/11/24

午后

只适合玉米地，蚂蚱，和秋后的阳光
只适合一小段时光，打个盹
梦里的人和事，风一吹就都散了
风吹着，几片叶子飘落下来，一忽儿眼前
一忽儿从前

这是怎样的一个轮回
仿佛一些记忆碎片，一并都从时光隧道
赶来
它呈现，旋转着
我无法躲避

以为，这是繁华将尽
风寒了，草木变薄了
这便是世情
要在这个下午，在我处身的坭屋村
突然静默下来

光与影，静默下来
西边的河流，像一个人顾自赶路
它有自己的孤独尘世

而眼前，一群低头觅食的麻雀
和我在一粒玉米里流浪多么相似

2017/12/04

发生了什么

太阳落下山
屋檐的鸟儿都飞去哪里
这么安静的人间
一天的话语，终于在一朵花的唇口关闭
还有这条河流
林间都发生了什么
这一年又都静止了什么

我不知道一道木栅，能生长足够的孤独
它的不动声色
能否守住黄昏的每一个出口
叶子落下来，落在幽秘的月光里
满地的虫鸣在爬

还有我不安分的想法。这单薄
疲惫的时光，在这个夜晚躲闪

2017/12/31

丢下

我丢下一条河
渐渐水声远了
继续走
我把一片树林丢下
天开始暗下来
我遇见一只狗，在乡间的小道
它已经跟了我很久
走走停停。我回头看见它
孤苦胆怯的样子
多像某一个人
在昨天，或许更早些
我见过这种眼神
然后被我甩掉
我于是想及自身
和对前程的不确定性
心里突然害怕起来
天继续黑下去
我经过一个村庄，并把它丢下
我把一条走过的路丢下
山上寺庙里的钟声
退到远处

黑夜里，我开始走失了
自己的影子

2017/12/31二次修改

2018年选辑

雪在赶来的路上

一场雪，赶上另一场雪，停止
又落下
终究被一株树安顿
如一个人，它懂得尘世的规约
飘即落，落是前缘已定
落是归宿

当第一场雪，从天空赶来
我就知道它是冲着我来的，告诉我
太多的舍与不舍，在这一刻
彼此消解，与融合

风突然停下来，一群鸟也停止了争吵
只有雪，再一次次落在途中
它落下来，不急不缓
纷纷的样子，仿佛一场可能的葬礼

2018/01/10

雪落人间

雪落下来，整个下午，田野树上
只有雪一直在落
一个愿意给予，一个愿意接受
仿佛它们早有了如此默契
偶有一群麻雀飞来啄食
才悄然改变一下事件的情状

如我守一间温暖小屋，喝茶写诗，甚至于
在一本书里走得很远
原野，河流，高空有多彩的流云
我笔下的每一个词语，都与春天交头接耳
相处甚欢

但在此刻，突然有一个人
从雪地闯进我的冥想里来
她就站在我的窗下，跺脚
全身落满雪花
冰冷孤独。她在说到她的人间苦难
眼神里呼出一身的雪气

2018/01/11

比如一间旧房子

总有一些细节的部分让我惊心
窄窄的木梯上
那一只硕大的蜘蛛沉寂得几乎夸张
还有破门而入的阳光
它直立着照射
在这样的一个过程里
我看到一些尘灰在快乐地舞蹈

此刻，我还从过堂穿过
仿佛，袭面而来的空气类似一只手
揪住我，撕去所有的外衣
把内心掏空
就像那个房主趁着月黑风高
搬走了所有贵重的东西

现在，正是下午阳光缓慢下来的时刻
我是这所空房唯一的入侵者
或许是气候的突变
头顶上的那一扇旧窗被风刮破
咣当一声，从天而降

2018/01/22二次修改

说起母亲

说到田野，麦子，一小片油菜花
说到母亲和三月的阳光
眼前的乌云，一晃而过
天空逐渐晴朗起来
一条土路，是雨后的泥泞
一个女人侧身，穿过河湾
在稍远的麦地
不时地隐现。她是我的母亲
臂弯挎一个古旧竹篮，装满豆荚蒜菜
和午后的时光
她走去，不告诉家里人一声
在经过村外的小桥时，也没有站下来
对人说她苦难的一生
她不停地走去，乡野很大
而她的步子很小
说不定，她装着的一篮子东西
什么时候就都丢尽了

2018/03/26

城南

游人纷至沓来，看桃花，赏柳
一条溪如此蜿蜒的样子
足够使人怀想。感叹之后
抬头见天，是变幻的云影
再次迭现。前溪桥犹在
一辆马车载上时光，也可以
搭乘我的一些记忆
经过坊下街，缓慢而行
那些古旧的门楣可以穿越
苔藓的深处可以穿越
车轮压不住瓦砾的尖叫
在寂寞的街衢回响
我沉浸在它的沮丧里面
被它的疼痛所困住心
我甚至怀疑它的破碎是一曲感伤的歌

起风了，这是需要一个人孤单的下午
天空的雨滴，落在人家寂静的屋檐
坊下街是否还要这样落寞下去
院子里的一株梧桐，横出三两枝新叶
被风吹着

已有时日
但我知道城外的桃花都已经开了
我孤独的步履，带着新鲜的泥土
再过几天
将被接踵而来的青草，和鸟鸣填上
雨也会在瓦砾上踩出清亮的声音

2018/03/28

清明辞

雨下来了，草青了
有人长久地站在树下，有人走在路上

或许，你那一边也是雨天
挡了路途。或者你蜗居小小一个角落
足不出户
或许，你那边的人从来互不往来
死去的人
一定是谢绝打扰的

继续是雨。向南而来
或者向北而去的人
手持纸钱
每一张都是撒向冥界的寻人启事
你是谁家亲人
生前苦多，等着另一个人苦苦寻来
低眉倾诉，垂泪将落

2018/03/29

清明祭

还是那条崎岖的路
经过一座小桥
七拐八拐，才能进到埋着亲人的墓地
还是春风吹得更低
杏花落尽，梨花落下
藤蔓的思念，还在一截一截地长
别离的人赶在路上

我们站在树下说话，听见有人唏嘘
再是雨的声音，落在近处
而远处，是山，更缥缈的云端

2018/04/05二次修改

这些鸟

一大早就飞来
让我听见它们的啼叫，和用翅膀
扑打树枝的声音
传入耳鼓
时有短叹

像是心里摊上事了
这些鸟
非得将那人间的四月搬到我的窗外
想说些什么呢
桃花开过，梨花落了
树上的叶子，也都长出了时间的形状
还要说什么

这些鸟，它们来自不远的乡村
除了四月雨水
它们应该对我说说那里的阳光
田地，和燕翅掠过的人家
万物在舒展的蛙鸣里拔节
麦苗有泥土之心
和那草丛里，一次次开口说话的虫豸

2018/04/13

草深

暮春时候，我不奔落花而来
现在的乡村淹没在一片草色里
流水载着它

不知深浅。像是一些逝去
或正在发生的事物，我察觉到了
但无法说出
时光在破壁上留下齿痕
在黑暗里一次次亮起来的疼痛

一朵花落下来的瞬间里
听见阳光吃草的声音
还有燕子掠过低空时，黄昏从草尖上
滑落下去的身影
被我察觉

但我终究无法说出
那些他乡路人，经过我，赶在落日之前
能否在一棵青草里
找到一个落脚的地方

2018/04/17

青草一生

一手牵着白云赶路的人，南一辕，北一辙
都不知去了哪里
一生
就像道上的一些草，吹散在风里
而一些草，把根留在自家田园
荒芜

一生
也是漂泊，也是怀着一棵青草之心
落地无根
直到北之极，南之涯，西之峰巅，东之沧海
直到风雨把一根草吹薄
吹折

回来，就是回不去的路。小桥头
今天的梨花
等于从前的梨花，纷纷落在村前，村后的小河
和眼前的草上
那个白
叫他心酸

而草，喊不出痛
却不断摇晃着不安的影子，一次次，一次次地
甩打着他的脸
和一颗风尘仆仆的心

2018/04/19

风又吹

草垛，树枝
是风又一次在昨夜搬空后
扔下的骨头

是风它那个邪劲儿上来了
拦不住
将这些草和树，一直往死里吹
一身掉光了奢华
留给人间一片空白
风不怕它的作为
给那些逃到南方过冬的候鸟
留下什么不齿的口舌

风又来
将一个皇朝吹得不见影儿
以及留在纸上的文字
如数吹破

2018/02/07

在巩义，有我失散多年的妹妹

给我分一片红叶，像分你的思念
你藏起了我的亲人
在这个季节，漫山遍野
我找不见她
你总是妥协。让我窃走整座城池
放在洛河
擦洗它的尘埃和风暴
渡口、驿站，和一首古诗的深处
让我一眼认出小相菊花
我失散多年的妹妹
不做康家大院的小丫鬟
还有一小片光亮，穿过寨墙的旧木窗
闪烁着黄昏才有的幻象
还有我，在时光的每一处缝隙
抠她的影子
慌神，迟疑
不能说是我的构陷，内疚之心常有
丑陋的东西，披着花衣衫
我正低头走过她的花期
躲在一片小树林
来过的路，时间在修正它的外围

打开它的另一面
风一吹，是温暖的风在喊我
喊出了，九月的记忆
我的妹妹手里提着一篮山果
正在走下山的路
她的发髻斜插一朵小相菊花

2018/01/30

康家大院的玉兰开了

值年三月，康家大院的玉兰开了
它白。幽秘
一朵花，从寨墙的窗户探进来
越过我
与我的揪心，一眼认出了时光

如翼之薄，被一只飞来的麻雀啄破
飘落下来
立春回枝，风被照亮
跫音时近，又顺着窑楼的曲廊而去
想必那里，有一条秘密甬道
一滴雨挤了进去

此刻，我正好从栈房的门后转出来
又一次，看见了玉兰的身影
假山一处
让一位姑娘丢了魂魄
她的含情注视
眼眸里总怀心事，让我认定她
就是我寻找已久的表妹
好像当初，往返于晦明交错的时光

从不曾在康家大院走失

空气里流淌着浓郁的香气
光影正在抵达那些纯净的花朵
更深的时光返回

2018/02/11

流水不止

在金清河畔，一个古老的小镇
披着暮色
流水，如隔世的话语
由一棵青草扯起来。由一管芦笛
横在阡陌小巷的嘴上，诉说幽怨

辛酸在一滴水里孕育
等待它，在一个未知的年代
分娩一望无际的白
五月的槐花落了
祖辈的田园里，种下稻麦、鱼
和手心里贫血的月光

那是我的家乡，一条河流它流来
泛过以往，流走
在一株苦楝的晨曦里
留下一船的记忆

2018/06/14

苦楝雨

苦楝花开的时候，雨落下
母亲总是皱起眉头，一言不发

那一天，我看见的雨
迷糊了天地
看不见出行时，母亲单薄的身体
风雨很大
摇一棵树
河面上流去落下的花
雨点砸在窗玻璃上
流下来
像止不住的泪水。而现在
我看见，雨一直在擦洗浮生
和落满灰尘的旧门楣
她的神情，多像我当年的母亲

2018/06/27

篱笆

村庄人家，一道竹制篱笆之上
开蓝白的喇叭花。阳光已经无限

往后的一些日子，虫鸣衰竭
草木停止生长
再是落寞时刻
再是远道未归的那个人，这些年
都去了哪里
又都遭遇了什么
水还是水，篱笆还是篱笆

而更多时候，那个人背着风雨上路
一直往西
篱笆是他孤独的自己
阳光和花朵丢在路上
与家乡儿女隔着千里之远

2018/08/21

越人歌

在一粒尘埃里取出风声流萤
在薄薄的山水里，高挂孤独的桅灯
船已远去
妩媚术，盗走玲珑好时光
身体里只剩下草木，酒水轻盈起来
走向另一天

这便是越地了，草木秀，可隐
田园可播种稻黍
野菊花，用一夜的雨水洗它自己的身子
心跳葱茏
谣曲里，有它们自己
纯净的方言

摇曳的芦花，这梦中的情人
在水的对岸吹起芦笛
喊你族谱里的名字
一株茱萸，抖落尘寰沧桑

2018/08/03

十月天

光的影子，从树的间隙走出来
它弓着背的样子
就像我檐下的父亲
看上去多么老
我的目光在现实和虚幻之间游离
谷子收了
那是人间十月天
风吹来，一阵凛冽的风
吹起父亲的薄衣衫
他说冷，在他怅然的眼里
我看到
他是那么轻
我担心，他要连同地上的草屑
一起被吹到空中

2018/08/17

中元节

七月至半，人间又逢节
供一桌子寒食，焚香点烛
以祭奠鬼魂
纸钱烧了，酒水洒在地上
而把亡灵
连同没完没了的念经
一起抬到天堂

秋雨下来
比以往，一阵凉过一阵
那个人，怀里揣个酒瓶，嘴上叼根烟
在阴间游荡
他就一直黑着走
怎么也回不到人间
他是走在寒冷里的人
风嘶嘶地叫着，掏他的口袋
一直是空的

2018/08/25中元节

怀念在途的人

那时的月光
像你一件晾在竹竿的薄衣裳
被风一撕，就破了
你就让它破碎成树上的叶子
像你的一生

盲目赶路的一个人
口袋里装满家乡的谷粒
和四季风雨
始终是飞翔的一个影子
消失在落日尽头

八月乡村，是一株记忆的稻粱
与一滴泪光紧牵着
今夜有人翘首，有人走在路上
思念如潮
我想喊你回家，又怕这一喊
又回到了当初
一万里月光再一次碎了

2018/09/18

戏里戏外

坊间听戏，讲述的都是恩仇大义
枫林，以及安静的流水
破壁的台角，还残留着武生打斗时
落下的半句唱词
说它是半部人间
迟迟不肯消隐的一声长吁短叹

以及我，天黑以后错过住店
低头走过廊坊街
若无意外，一定会出现想象中的那个人
带我来到戏外
若他侠义已尽，肝胆不再
我就手提行囊流水，独自穿过三岔口
从此不测风雨。或者有一天
时间代替我的谅解
他的浑然不知，在所难免

2018/09/20

叶子落下来

我一个人从公园里转出来
眼前人影散乱

是一阵风起，还是那些树上的叶子
受到了惊吓
簌簌地响
落下来，纷纷的样子
而我没有惊悚之意
它们落在我的身上，贴面
轻擦过我的耳根
我感觉到它们消亡之时
一丝存留的体温

天空是大片的秋意
这些叶子落在大地，落在浩大的湖面之上
仿佛阳光里一场浩大的葬礼

2018/10/15

早霜

一场早霜，落在一棵掉叶的树
和它的底下，由一些野菊小小的身体承受
水里冒着白气
人家的屋檐，和转身时
一个失散的亲人，落了一身白

孤单的一个人，走在晨曦里
宁愿两眼空空，挤进风里

想着，在远方
有一滴霜露里，一定有另一滴霜露
紧牵着

那带在路上，紧裹在一件破棉絮里
来自以往，眼前的念想
就是下再大的霜，吹再大的风
也不能让它冻着

2018/10/16

缓慢的流水

这些流水，来自不知深处的山里
流至眼前
有些慢。它们又从石缝草丛里穿出来
漫过另一些石头
一遍遍，发出洗涤的声音

或许它，是一个慢性子的人
擦洗着天空和人间，越来越深入暗处
越来越深入一块石头的体内
把一段岁月翻转，反复擦洗一遍
它有这个耐心
一株乌桕，背风而立
夕阳转动一把旧轮椅
我们听见了村庄几根肋骨发出的呻吟

而此时，晃过的几个人身影，正被流水拖走
以及桥上
一辆木架子双轮板车推过
仿佛是它，推着一座山缓慢地转动

2018/10/18

和蚊子坐楼下聊天

累了，可以随意找棵不认识的树
靠着坐下
像是靠上最宽厚的肩膀
夜晚踏着灯光，一步步来到面前
又似乎可以听见它们
迅速经过的声音。蚊子的声音
来得晚些
开始在发际，与我咬耳低语
催眠的感觉
设法消解我对它的警惕
而我的平静让它犹豫，我寂寞的心跳
让它害怕
甚至无法容忍我们之间
在类别、血统，乃至观念和企图
都存在不可弥合的障碍
它只有拿歇斯底里的叫喊来解气
悻悻飞走

2018/10/24

回到老家

感谢时光为我抹去什么，又留下什么
人去楼空，光随水逝
树的叶子，连同那个走在黄昏里的身影
被最强劲的一阵风吹去
这些不舍，时有发生

就像我，几次回到老家
都要在一片废墟上待上小半天
怀念，唏嘘，冥想
我喜欢这里的荒芜
草尖上一只飞来飞去的白蝴蝶
撩我心底的一股暖流
我在瓦砾上踩出破碎的记忆

隔墙的那株老榆树还在
风雨在它身上，烙下了岁月的伤痕
暖阳里，它的身影，美得有点孤绝
而此时，失联多年的一个表亲
正好迎我而来，他把一些生活的悲哀
一半对我叙说

另一半被他落在去过的路上
一时记不起来

2018/10/25

受伤的树

一棵树，它记得是那一次雷电
直劈下来，刺啦啦一声
身体裂开了一道口子
这个痛，从未有过，鲜有人知

风雨过去
云彩依旧从它的头顶上飘走
它感到一脸的茫然
后来索性掩起伤痕，继续伸枝长叶开花
我的看见，甚至唏嘘
也不见它
做出一丝痛苦无奈的反应
直至一阵风吹动，所发出的嗦嗦响声
我不知道这是它的坏笑
还是一次深感歉意

后来，我再一次经过
那里已成废墟一片。唯这棵树
兀立天底之下
夕阳照着它，落寞的影子
就像它身体上那道裂口还是那么让人

扎心
岁月无法将它抹平
仿佛是我们灵魂深处
永远迈不过的一道坎

2018/10/26

一头牛跪了下来

一辆车，押解一头牛
像押解着一个死囚，从茂密的山林里转出
缓慢地沿着河道
水是沉默者
麻雀的天空，铅色，深处是不顾一切的蓝
一点光与另一点光彼此闪烁
隔着尘埃
一切是这样有序和诡异

车突然在前面的草滩停下
一头牛跪下
眼噙泪光。仿佛眼前开出清晨的白花
至傍晚，眩晕成一坨血色的落霞
它迷茫，但它知道
一声求生的哭喊
一个将至的尘世
终究敌不过一把利器的迅速捅入
一旦跪下
跪下的还有它美丽的天与地
春天的诗歌吟出亲切的鞭影

这是它，生命中最后的一个正午
死亡抵达泪腺的瞬间，河畔开满蓝紫的小花
宁静的光悬浮在草木之间
不断变换着色彩，无限的忧伤

2018/10/31

由一只鸟感伤

至河埠头，想穿过一片空阔的水面
没有船
由一只鸟飞至对面的小岛

那边是怎样的一个景致
或许是一小片桃林。一枝花的妖冶
而不是一片花的放荡
让你猝不及防

各处的桃花都已开过
人迹罕至的小岛，却是一小片桃花
依然开得醒目
再过一些天，你还会目睹一朵花
在另一朵花里死去
带给你无法释怀的悲伤

世态之外的另类
季节的落难者
在一只鸟的眼里，人生有如孤独
流云轻飘过天际

2018/11/19

越来越远

车窗外，一片树林后面的村子隐去
水塘，草垛掠过
人家的篱笆，掠过
暗自神伤，眼角的泪珠滑落
那个小男孩，他看不见
那个做梦的小男孩，或许他在昨天
还蹲在一个屋角顾自发呆
不知道这个世界将发生什么

越来越远。飞满柳絮的小院
追一只蜻蜓，在一条长着草的小路尽头
云霞飞起
将带着他消失在遥远的天际

越来越远了
带上满脑子的回忆，去追赶
满世界找他
旷野越来越大，眼前展开一大片，一大片
一大片金黄的麦地

2018/12/06

街角

入夜时，不见城管的影子，公路两旁
突然冒出了各色摊贩
避开走，避不开那些东南西北的吆喝
和空气里搅和在一起的酸甜苦辣
拐入街角，是临河的一家小吃
灯火有点灰暗，稀有来客
坐了半天，见一个壮汉摞了碗筷
除了我，再也没一个上门
店主人见我疑惑，便过来跟我搭讪
操外省口音，说她的待客之道，吃客趣事
说最是清淡对我口味，怕我期期艾艾
一拍屁股溜掉
热情不减一分
坐在里屋的男人，闷声闷气地甩了句
“这生意做不下去了，我困了！”便趴下打盹
起风了，门敞着有点冷
我说：“给我来一碗饺子吧！”
见她笑得灿烂，而我心里怅然
“这生意是做一搭，没一搭的，也不见好。”
说着，她刚才那笑容敛去

2018/12/07

我与一株树多么相似

流年里，我与一株树多么相似
一株树，在它的一生里结下苦果
叶子落下
如我的身体上落满寒霜
一株树，在旷野的寂静里
在短暂的夕阳
它的发呆，让我落寞

这个下午，我遇见这一株树
不再停留片刻
就要离去
我的一生，都是这样孤单
在岙底坞村，我不问，这样的树
还有几株，立在世间
风在一夜之间吹硬了它们的头颅
再有第二次的喧嚣
和孤独的时光

2018/12/25

两个女人的秋天

我的母亲一路教我指认
那是苦艾、蕨菜，田荠开小黄花
但它们，与我
在那个午间，仍旧一一错过
步子拉下
小鸟冲进树林，多像年少的我
消失在生活的边缘
母亲在她的叙述里，越来越孤单
在薄薄的风中

后来，我陪着妻子走这一条小路
她和我同时看见，那一朵
被霜击打的荠菜，开黄色小花
在风里恍惚
有些苦涩
另一些蜷缩在坎边，被她一齐挖走
满满的一篮
她说今天让我吃一顿素的
分拣，清洗
在妻子与我的叙述中，同时抬头
彼此的目光里

看见这个秋天也将过去
而且越来越远

2018/12/25

镰刀在飞

麦地敛走光阴。收割麦子的人
继续挥镰
太阳落山之前，太阳在飞
飞来飞去的蜻蜓，停在麦芒之上
麦芒上走着光影
疾速的风
多么像一支为自己送行的笛子
吹奏出忧伤
朝着麦地的尽头漾去
抬一抬腰
割麦的人还在挥汗如雨
日落之时，树上落下影子
越来越深的影子
绿皮肤的蚂蚱，和它亡命的一跳
不会遇见刀子

镰刀在飞
割麦的人，在越来越深的黑暗里
看不见被自己的割伤

2018/12/26

苍生

草木一秋，苍生在下
在穷途奔命的倦鸟，不知今夜的山林
鹊巢鸠占
一只飞蛾从一张蜘蛛网逃脱
又撞入
另一张网，这让它始料未及
蚂蚁认的是蚁命
回过头来，才发现走累了的我
只不过
在某处的客厅里晒着太阳
傻傻地坐了一会儿，又要起身
不吁然
不言说
只是低头拾掇行囊

2018/12/28

无法安抚

春天不再
花朵开始动了动，从枝头一跃而下
与它自己经营一生的美艳
共赴黄泉
没有人阻止它
繁华落尽之后
沉溺于体内的片刻憔悴
与宁静。而我
仿佛看见了一道无形的鞭子
抽打下来
听见花瓣在阳光下粉碎的声音
随风扩散开来
在此刻黑色泥土里熄灭
像昨日的梦幻

想到了这一切
我无法安抚身体里的血液
像不止的河流，运走了什么
坐在花朵落下的地方
我无法安抚眼前枝头，这我身体里

极为隐秘的一部分
正在发出叫声

2018/12/29

2019年选辑

草木一秋

寒风里，一个人至小桥旁
闲看疏枝黄叶
无关一只白鸟，它的突然飞升
又在不远的树上斜落下去
对我抱有敬畏之心
也无关流水
在这一刻，被一缕光突然照亮
带给我的惊讶

天下人，喜忧各半
冷暖自知
又有谁，站在时空的高处
绷紧它的脸

草木一秋
有如众生匍匐

2019/01/02

母亲的麦饼筒

夏至到了，父辈们收了地里的麦子
晒干，转石磨碾粉
又一小勺一小勺放在筛子上
筛细，已是晌午时分
便可煮青叶，揉粉团擀饼
便可油煎，炒馅
那时的母亲年轻，动作麻利
不到一个时辰，便都端上了桌子
说将饼卷成筒，多放馅，趁热吃香软
看着一家人其乐融融
她在一旁，把苦难
连同泪水一起偷偷咽了

现在逢夏至，端午
我们也吃麦饼
时时想起父母的那段岁月
麦子黄了
苦楝花开得粉紫，风一吹
簌簌落下

2019/01/04

雨落人间

雨落下来
没有人可以阻止它的大与小
急与缓
风可以忽略不计
或坐在客厅里，隔着茫茫的雨色
一边喝着温暖的咖啡
一边谈论人世的冷漠
抑郁，或者伤心
仿佛生活多么容易悲哀
允许背井离乡
有一颗孤独的心

而我，一会儿抬头看天
又一会儿抬头
看见雨水从空中停止
以为，这是落在人间脊背的鞭子
被上天的一只手突然收住

2019/01/10

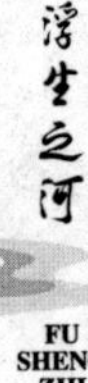

落叶

三月开桃花，四月过后繁花落
这些大地里的物种
应天从命
人世上，落魄的
有如从树上掉下去的叶子
每一片都在风中，每一片
都写着岁月
落到大地的深处
落在掌上的一枚
恰比我自己曾经有过的蓬勃
仿佛清晰的经络之间
走着一条不息的江河
仍在耳畔回响
挪到眼前，仔细端详
它也有同样的怜悯，望着我
一张逐渐衰退的老脸
仿佛在为一个共同的硬伤
而发出一声短吁。在这个
无人经过的午后
阳光还是无限地好
天空飘着白色的云朵

2019/03/14

游荡

不妨徒手，一个人沿着河流转一圈
又转上一圈
像一个没有心事的人
不设防，不赶脚
再是，在某地的小镇待上一天一年
便可沐春风，看庭前落花
时光如水，总是无言
便可避开热闹街市，和人间戾气
便可只顾低头走路，不理树上的鸟雀
喋喋不休
也不想此刻
有一张熟知的脸迎面而来
连个弯儿都不打
就像眼前的一道亮汪汪的春光
说撞就撞上了
总是孤身只影
总是以为，少走了弯路，就错过了
眼前的风景

2019/03/28

一阵雨，此刻又来

一阵雨随风而来
不时来敲我的窗。或者在某一个夜晚
再次光临
它的神情有点慌乱
多像我一个失散多年的亲人
一时找不到回家的路，四处游走
天又黑，难免会
一次次敲错门

难以入睡。等它再来时
我便屏住呼吸，听它的举棋不定
欲言还休
一阵雨，从何而来，又去
踪影无定
我将如何安抚它
这个夜，又有多少人如我一样
都有一个怎样的尘世
放在一阵风雨缥缈之中
惊魂未定

一阵雨，此刻又来

2019/04/04

梨花落下来

抬头，是千万朵梨花落下来
白的光里
又是怎样的一阵眩晕
只是无风，只是簌簌落花的声音
一阵阵
无法消弭
无法抗拒的惊悚，围过来
让我无法呼吸
甚至于，让我不忍再看见它们
从枝头跳下来
如此决绝的一瞬
多么像我曾经赴死的妹妹
眼睛里不带一丝爱怜
它是把它一季的青春浪漫
全都抛掷出来了
还有什么值得留恋

我站在树下。午后了，一个人
让我感觉到
这个世界多么安静

当我走入一朵花的辽阔

孤独多么美好

2019/04/11

燕子飞来

在原野里飞。掠过眼前的
不是去年那一对，春天里
飞来我檐下；也不是
前年飞来的那一对，一只在途
一只落单

这些飞来的燕子
我还是认了它们。仍然是人间四月天
允许它们甜蜜恋爱
允许它们风雨黄昏，有一个寄居的家
多数时候，我的眼睛里流露出
惊羡的光，也不是
没有一点暧昧

然后是，麦子收了以后
草木又被秋风割去一茬。这个美丽
易碎的人间
凡有逗留，凡有启程

然后是，一趟列车带走四方的客
和所有的燕子

2019/04/24

经过豆麦之地

便是河道。绕过去
才可到达一片豆麦之地
这是仲春的一个午后，我的进入
便惊动了蜂蝶
这些跨界生灵，对我防备有加
嗡的一声飞走
不是我的不敢靠近
扰乱了它们此刻的平静生活
我所看见
那些紫黑色的豆花，神色慌乱
它们仿佛担心什么
我的担心要比豆花更多
更远些

总有一天，风从树的高处吹下来
豆花落下
落尽。蜂蝶归去
也是人生

而我，一生还有几轮花开花落
或许下一次

这里，那里

便都成了一片落寞之地

2019/04/29

西街北路

忽然想到那一天，我们几个
在经过西门北路的时候
半空的桐絮，一朵一朵
落入尘世
又被风吹起，就像我们自己
一样的奔波
一样在无言之中，完成未竟之事
它的轻，一贯的轻
与我，一生的卑微

午后的人影散乱，头顶上的梧桐树叶
簌簌作响。走过去
站在对面街角的一棵树下
被风吹散
我们是一万朵飘落的桐絮
置身于更大的虚空，这样的隐秘
无法述说

2019/05/20

麦收以后

一群燕子飞来人间，等到麦收后
告诉我
田园空荡荡
一粒麦子比一群燕子孤独
一粒麦子，守着这么大的一块田园
安身立命
如有一个人的担当，许多时候
也是孑然一身

就像我，突然说到一个叫泽国的地方
它是我的老家，几代人
住在一粒稻粱
又被季节的风雨追赶
一直
追赶得很远。也一次次
想到今天
一个人，独自走过乡村
如有遇见，各自迷茫

2019/06/10

一阵雨，说出它的尘世

一阵雨，从何而来，又去
踪影无定
我将如何安抚它
这个夜，又有多少人
如我一样，都有一个怎样的尘世
放在一阵风雨里，吹来吹去

一阵雨，此刻又至
在我的屋檐上行走，在我紧闭的窗户
嘭嘭几声
时而如女声哭泣，扰我梦境
无法入睡
一阵雨，它设法哭出我母亲的声音
更像恓惶人间
设法让我明白，生者和死者
都是风雨里走过来的人
再走到风雨里去，你我都不能例外
一阵雨，站在我的窗外
一直不停地叙述，直至次日

2019/06/11

蹲伏

天底下蹲伏的小山丘
山脚是古旧村庄，它蹲伏的样子
如尘世的一株草木
仍有我不明白的春天
叫它鲜艳，叫一对青春男女开花

光亮正在抵达白壁
在与一道木栅，和更深的时光里
还未达成某一个和解之时
秋后落叶
是一部未曾完成的生命史

一个中年人，他蹲在墙角抽烟
又起身踱步的样子
像我的父亲
或许更像我未曾见过的祖辈
他的蹲伏，更像他那个时代

2019/06/20

台风闯进我的家园

是台风利奇马，突然闯来了
迎面遇见它
在温州至象山这么长的海岸线
也不犹豫一下
这一匹黑马，它索性抢了你的道
直奔温岭来了
把一路的草木和蚁命
活生生踩给我看
它就这么任性，设法让我看见灾难
是什么样子
看见你像一片叶子吹去

2019/08/09

处暑

一辆简易三轮突突而来
一支烟点燃着过来
是一个女人的红唇，是纤指
划出乳白色的弧线
是我与夏天，飞走的一只蜻蜓
和天空
正在消隐的云朵

还是处暑的第一天
隔几天才会一天天凉下来
又隔几天，树上的叶子掉下来
再掉下来的时候
我一定还会遇见她
她的地摊
她的苞米
这个嘴角叼一根劣质烟的女人
坐在秋天的一个街角

以后呢，就是冬天了
我们都是走在冷风里的人
在一支烟里取暖

又在一支烟里走失。再以后
就是明年的处暑了

2019/08/23处暑

水边草

这些水蓼、苓、茭茭草
还有春天里开蓝色小花的草儿
我竟怀疑它们的不耻于出身
不止一次地，来到水边
目睹它们开今生的花
结来年的籽，都在悄然进行
甚至于，让我折服于北风里的
一场死灭
一蓬蓬雪白的骨头

2019/09/25

秋夜

酒席散了，朋友接我的车
还不见影子，正好趁着夜色返回
喧嚣渐渐远了
孤单的一个人
想起来的事很多，一忽儿过去
一忽儿眼前
从前的事情很缥缈
仿佛是水，又像是
树底下蠕动的光影
走进去，我从一些眼睛里走出来
死去的，活着的，都揪我的心
抹我两颊的泪水

起风了，一晃一晃的人间
明明灭灭
我就这样惆怅地走着

2019/09/25

一千棵树

一棵树，在秋天里掉下叶子
一棵树站在风口，身上的寒衣只有一件
不能脱下来给另一棵树
接下来的日子，大雪纷飞
天气更加寒冷
一千棵树，脱下一千件旧衣裳扔进雪地
要光着身子过冬
没有人阻止它们的率性

一千棵树站在茫茫的雪地里
仿佛一千个孤直之人

2019/10/18

远去了

河面漂着一只带篷的小船
要驶去哪儿
天空里又飘着小雨
飘来飘去的小桥，炊烟
河畔烟柳

远去了
二叔家的一畦豌豆花
一个有着豌豆花一样忧郁的六妹
她的后面跟着一群花蝴蝶

还有一只挂在一棵老榆树上的风筝
都远去了

2019/10/18

深秋里

光影流动的声音。风从高处走动
叶子飘落下来的声音，你都听见了
你喜欢这些声音
带给你心灵的轻轻触动

一个人，去一条小溪的岩石边
你就这样久久地坐着，膝头摊一本书
想你的一天
甚至一辈子的心事
你就这样久久地看着
一纸一纸的秋草，一蓬一蓬地黄
你说你喜欢这样的苍茫

你说你，喜欢低处的流水
流水里的石头
还有陪你身旁，一地一地的小雏菊
叫你小雏菊
水里的鱼叫你鱼

2019/10/23

小酒馆

山里的秋风吹得早
一些树木落下了它们的叶子

从山里走出来
又从山外赶到山里去的人
都在溪边的小酒馆落脚
在门前的树杈上挂一件他的旧汗衫
忘了带回去
便是忘了带回他们的一个浮世

听见外面起风了
草木发出沙沙的声音，又有谁
端一碗土酒
和一道夕光下的竹篱笆

2019/11/24

蚁命

一只在世上，仅仅为了活命
别无他求的蚂蚁
无法明白，它今天便这样死了
一只死去的蚂蚁
不留下任何可以佐证的痕迹
不留下一摊水、一滴血
就连死时也不动弹一下
哼唧一声。我有悲悯之心
多么愚蠢可悲的一只蚂蚁
它为什么不避之草尖
或者练就一身缩骨之术
除非无骨可缩
除非身患暗疾，原本怀有赴死的决心
死后连一粒尘埃都不是
用不着活着的另一只蚂蚁
为一只死去的蚂蚁而歌哭

2019/10/25

隐者

我与蛐蛐儿都是隐秘之人
一个躲在暗处
一个在暗处穿越，事先都未曾透露足迹
心思

我的足底涂抹黑夜的光
与它的声音，一前一后
或合二为一
如我的坐舟，它要载着我一点一点沉下去
也许不是

要不然，我怎么会感到
这是一件多么有趣的事情
由着它来安排
没有异议。是因我给了它什么许诺吗
比一生都不确定

2019/11/25

喊你不回

一个人独自进入一片废墟
追你，喊你
在夕阳刚已尽时，你像树上的叶子
被风吹在半空，落地
都带着一身尘埃
说你是一只流浪的麻雀
仍扑打着翅膀，四处觅食
我喊你不回
从迹象上看，你也早已习惯了沉溺
如我身陷人间
对一些迷糊事，迷糊的人
我曾设法推醒它
但终究不能
一株草，一片瓦砾
熄灭于地下的这火，这随着水气
飘走的，白的黑的影子
我尝试着，用十二月的嗓门
放在一场北风里破碎

2019/12/08

冬至

还是时长时短，天天年年
穿我衣裳，出我门楣，走我一生寻常的路程
冬至到了，便想起回家

掌灯时分，活着的人从四面八方赶来
便围坐，吃汤圆，喝温黄酒
便点烛，请出那些死去的人
一起说说那些
寻常的人，寻常的事
直至夜深人困，香烟消散

还是草木一生
被风吹刮
我的叶子，我已落下，来年再生

2019/12/22冬至

撕下

我在一本日历上，首先撕下桃花红
梨花白
云被撕成云，水被撕成自然的水
而山坡上有什么呢
树上结青果，仍有一片宽大的叶子
覆着霞光，等着把它
撕成一片一片霜花
风又把我撕成树上的落叶
一片一片落下来
都是虚空的声音。还有这一年
这一天，候鸟在飞翔的途中
只是轻咳了一声
便把自己的喉咙撕破
是草木碎了骨头，再是广大的北方
那个站在坡上牧羊的人
他的一记鞭子举着，还是落下
空寂的天地

2019/12/31

2020年 选辑

麻雀

一只麻雀，什么时候飞来人间
四处觅食
度它的余生
有时叫声低沉，但内心明亮

每一天，它都要飞来墙根一带
陪一个老人坐暖阳里
独自种蒜，摘瓜，沽酒
吃他掉地上的鱼刺和饭粒
老人不赶走它
风也吹不走它
也许这是从未有过的默契
也许他们会交换一下眼色
仿佛突然之间
从对方的眼神里，认出了自己

不是佯装
只是卑微
只是同一条活路，从贫穷的墙根一带
各自取走一粒稻粱

2020/01/01

爆裂无声

尘世在喧嚣
煤老板手头的一把弓弩藏一支暗箭
羊在山坳里失群

天空压低了云层
一个中年男子，在街巷，和贫瘠的山梁之上
一次次奔跑
寻找
一次次让他低下绝望的头颅

这个人的儿子丢了，便丢了他整个世界
如同草尖被风吹破
他的喉咙里可以咳出血，却发不出声音

如同一粒煤点燃另一粒煤
点燃的一记拳头
砸向恶，所发出的咔嚓声
在空气里回响

2020/01/16二次修改

赞恩·阿尔·拉菲亚

赞恩，十二岁。这小小年纪怎么就犯浑了
戴着镣铐

咣当！咣当！这枷锁，这冰冷的铁
怎么就不还给
那些糊涂的大人们戴上，这该死的战争
这该死的文明

饥饿，贫穷，离散，以至于死亡
和恶，都在这一片废墟之上，戴着镣铐跳舞
共生共灭

赞恩，你
黎巴嫩、伊拉克、利比亚的你
都是万物穷尽之处，一株
厉风吹折的草，唯有体温荒凉

2020/01/30

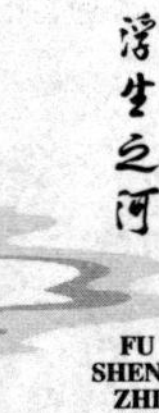

回到春天

一些树上长出新叶子，一些叶子
从树上落下来
都是天时。但我
不知道，我所看见的燕子
是不是，去年飞走
今年飞回来的那几只
这是它们最后的一个春天
回来的，还有一些人
都长着一张燕子的脸
在回来的途中停止了说话

2020/02/17

鞭子

——观看印度电影《炙热》有感

跪着的拉妮，匍匐在地的拉荠
是荆棘
是遍布山野、村庄的花朵
不能拿来鲜艳
要交给男人手中的鞭子
砸烂在泥淖里
头顶之上，高悬的
还有多少条鞭子，在某时某地
抽打下来
血泊中的女人，她们的嗓子里
喊不出一点声音
不再言笑。留住长发
一条裹巾，不要有一张俏脸
一袭长裙
可以抵挡一记鞭抽
大街上，只顾低头走路
她们不看六月的街景
和天上的月亮。雨突来
雨是天上抽打下来的鞭子

2020/03/06

一碗煮面

想起小时，我跟着母亲在田路
挖一篮荠菜
雨下来，模糊了我的视线
和她逐渐不见的影子

午饭时，妻子给我端来一碗煮面
“记住古历二月十五日
你就会记起了她”
她这样说着，带着异样的语气
我也唏嘘
埋头吃一碗面，我在掩饰什么
我知道，她正看着我
她就这样默默地坐我对面
不止一次地流露爱怜
与我的母亲多么相似
窗外正在下着雨，只是下着雨
与我记忆里的那一天，又是多么相似
我的眼睛潮润，这一次因我妻子
那一次因我母亲。这一次
与那一次，都是对着亲人举箸
心里的惆怅，不能轻易地触碰着它

午饭过后，妻子起身
而窗外的一些雨
继续下着，一些雨去了远方

2020/03/08

小街

靠河的一条小街
倒立在水里
我有时看得清它的影子
有时看不清
长的河堤上，三两株苦楝
四月始花
一簇簇，紫色的碎碎念

白鹭飞去哪里
半夜里那一只泊船呢
还有次日一早，河埠晃动的人影子
是我的母亲
或者邻家的嫂子
穿花裙
两个白白的小腿浸在清水里

还有她流在水里的一张俏脸
一晃
再晃，就只剩下了岁月

2020/03/12

雨为什么落下来

雨落下来
为什么不是一首歌，催生万物生灵
在这空荡荡的一个黑夜
像一个人，突然闯了进来
执一条鞭子，乱打一阵
让我看见它的冒失

我不希望一个平躺着的人世
万物凋敝，灾难复加
让一个瓦当，或者一段朽木
发出一阵破碎的声音
我只希望它安静地下来
让所有的草木抬头，侧目
听它的如诉如泣，我有悲悯之心

2020/05/02

童年记忆

我们都有一样的童年
雀起桥边野草花。一群，或者一个孩子
从巷子里出来
营生
穿破旧衣衫
岁月也是打着补丁

不气馁。打猪草，喂养贫穷
垦地，下种豆子，都在帮一个家
再是随父母一起赶集
追风的速度
还是日头偏西，灯火里
与三两弟妹分食饭菜，和一把糖果的
过错得失
全都放在一声对不起里消解

还是低矮的天空
还是一群年少
像五月里的红蜻蜓飞来飞去

2020/04/07

走去

草木之花不再声张
代替以嫩枝，细茎，和叶子的伸展
还有一地的阳光在生长
都欠合我的心意
毕竟很多东西，一时间
在我眼前走去
蓝紫走去
妩媚走去
都是决然的样子

四月将尽，谷子和草籽落地
雨水单薄
怎样的流动，才能压得住溪畔的鸟鸣
和我此刻的寂寞

出门的人走在路上
打一顶伞，都是飘走的人
飘洒的雨里，我不知道走去的那些人
都是谁

2020/05/02

初夏

花落下，把果实挂上
鸟声挂上，再把几粒带露的晨光挂上去
有点重了，掉下来
都将化作短暂的光芒

一缕轻风，一寸草
和一个穿花裙子小姑娘的下落不明

是一年的麦子熟了，一大片
风吹，卷成浪
风停止的时候，空茫无声
守望麦田的那个人，走后
他去了哪里
或许他压根儿未曾回来过

但燕子还会掠过眼前
我闻到了一股久违的气息从窗外飘来
生出一种从未有过的冲动
走回去，一直走回去
跟上一群麻雀，嘴巴上横着一根麦笛

2020/05/05立夏

祖父的矮墙

溪头的花开完了，柿子树结着柿子
秋色深了

又见矮墙，一蓬一蓬的蒺藜
风晃动着它
晃动的那些时光影子，明一阵
暗一阵
像一个隐忍之人藏他的身世
我无从知晓

夕阳下，那一个蹲在墙根独自沽酒的人
也不能告诉我
回到他纯粹的少年
回到一个脸色惨白的女人

山门外，风声愈来愈远

2020/05/19

山上的杨梅红了

人间六月
山上的杨梅熟了，择日，采摘
供一碟于神祇前
焚香添烛
都要由一只干净的手来完成

这是小姑的手
放进一场梅雨，被我看见
暗一阵，亮一阵
这一坡青了，那一坡红了
挎篮入市，走街串巷
盈盈眼波
一身熟透的杨梅红

梅雨下停了
抬头的我，看见天上的云飘走了
迷蒙飘走了
我追着，赶不上那一天
在时光的手心，我不能抵达

2020/06/01

我们开始忘记

再也回不去了
六月的稻子，白光里的村子
远了
一群鸟，像一代人
飞走的时候，没有设定标记
飞不回来
它们把自己的天空丢了

穿白裙子的少女，在她走出一片稻田
就此不见了影儿
夏风又是这样迷离
飞来飞去的蜻蜓
也许老了
没有人记得它

是的，我们开始忘记
一粒稻粮，或者一株稗草
它们的苍白和饱满
曾是我们自己的肌体和面孔

2020/06/24

马鞭草不是我熟悉的麦子

马鞭草，遍地紫色的花穗
一群细腰的女人，走水边，都是人间
云朵和雨水给我空寂的美感

这么辽阔一片，可以比喻成紫色的海洋
可我看不见一条鱼游过

水边的白鹭，它惊恐的眼色
告诉我，这样的对视是多么地不合时宜

或者告诉我，马鞭草不是我熟悉的麦子
马鞭草里没有炊烟

我再也看不见田塍、牛羊，和一个荷锄之人
斜风细雨里归去

2020/06/07

一只行将了结生命的麻雀

台风过境，将一只麻雀遗弃在河埠
全身湿透
它发抖，迈不动一小步
后来连发抖的力气也不支
我想走开，又多有不忍
蹲下，轻握于掌心，再挪至干处
它感觉到了。我也感觉到
在它弥留之际，神志恍惚
想抬头看我一眼，但不能够
不能够剩下一点余力，了结它的余生
我却不能帮它
尽管在生与死的瞬息，它的人间
我还常在走动

2020/08/04

穷途，及一支死亡的箭簇

一只山兔，从瞄准的一刻
疾速逃过
它仓皇，惊慌未定
将某一天，和它一生中
从未经历过的某一个山口
视为穷途末路

从此隐匿。在一处洞穴
或者一片无人之境
带箭疗伤，沥自己疮疤上的血
饮恨，逐渐忘记了
都经过了什么人、什么事
忘记了温良人间

仿若死去的，不是它
是一支冰冷的箭簇

2020/08/17

一个卖山货的女人

说到山里，让我突然想起后岸村
一个卖山货的女人，指着她家那垄坡地
板栗几株，人事苍茫

如同她，一直在山里耕种活命
如眼前草木，一半沐着光
将另一半，晾在秋风里苍老下去
都是她的变身
这样一个青黄交替的时节，她对我的讲述
布满皱纹。我买板栗
也买她的秋霜。这一刻
我还看到她的影子，投在石壁，水上流走
而万物不离原乡

2020/10/31

午后时光

每天午后，我都要去水边走走
低头看水里的植物。抬头
一个草木的影子，激发着我的心
事实上，我正在一片叶子上
寻找将要改变我生活的某个证据
折回来
又走了，心里总是惦记着

夏天很快结束了
叶子纷纷落在水里，有些落在地上
又被飞卷到空中
我不知道哪一片虚度光阴
哪一片
才是我的沧桑
这边一处浅滩，有几只灰色鸟正在啄食
时而抬起茫然的头颅
它们这样的举动，让我着迷多时
这样一个午后时光
也让我劳心伤神，一时迈不开脚步

2020/11/25

盲道

雨点砸在路上、水里
和人家的窗玻璃上，他看不见
却听得清晰，也知道
这雨下了很多天了
揪心
走到雨中去，走着，很少遇见人
感觉已经天黑
摸一道墙，又摸
道旁一株株树都让他感到陌生
怎么会呢
这，怎么会呢
是心里担心着的那个人，等一个黑暗的人
走向另一个黑暗的人
越急，怎么可以急不择路呢

喧嚣离他越来越远了
觉得今夜雨中，他是天下一个孤单的人
走向另一个孤单的人
这件事让他心酸，又让他心里充满暖意
走着，仿佛一生如此
就这样走着，听见一场雨声落地

听见一个盲女娃在唤
迎着他
又渐渐远了
他知道这是一个幻觉
他确信这一路走下去一定不会错

2020/12/18

檐下

风停不下来，吹着檐下的旧窗棂
吹在高处的树
低处的草，和旮旯的苔藓之上
都是一种不可名状的漫长时光
一张蜘蛛网
泛黄的一个季节
屋檐上浮动着光晕，一些雨滴未落

将落。微弱的阳光落下
那些植株的体内，蚁穴之中
也是一阵恐慌
我说的是，风吹着一切卑微的灵魂
却不曾说出厄运。突然结束了
从今不记得，哪一只鸟
从另一个天外跋涉而来，将它的翅膀
交给狩掠，弋射
风声越来越紧，都到了噤声的份上
我不知道还能不能对它提起
在低矮的檐下，挂风铃
眸光和雨滴一样安宁。而如今
那些孩子都去了四面八方，不再回来

2020/12/19

说到一个人

这一天与另一天没有区别
喝茶、聊天
聊到的一些人和事，眼前晃一晃
是一件花格子衫的夏天
狭窄的田路上，一些青草长了
又长了一截

你推一辆车走在前面，不时回过头来
跟我说话
我们都说了一些什么呢
如此小心翼翼，像一个孩子
不知做错了什么事
路太窄了，我的心事不能挤到你的心里去
又为什么，走着，走着
风突然停了
天黑得这么快啊

一声不吭，你加紧了你的步伐
加紧了一个灰色的影子，与一个黑色的影子
不停地在我眼前呈现

不停变换的时空和人间
都在一杯茶的时间，一声唏嘘里

2020/12/24

水边芦苇

这些生命之物存放我的记忆
是一个梦。青色的叶子摇落水珠
滴在我的灵魂
而它的白色，在我的眼前
晃动着半生人世

回来，一切都在改变
我心里寂寞，还有莫名的忧伤
再一次看见水边芦苇
在冬阳里燃起白色的火焰

放任自己。沿着水边
我遇见大片白色的芦苇，我凝望
沉迷在这无休止的印象
身体上找到我许多的需要

2020/12/29

寒风里

风在一夜之间剥光了一株树的衣裳
时间冷下来

小桥头
那个行色匆匆的人竖起他的衣领
像是一场奔命
三更天动身，走进清寂的玉米秸地
风呼呼吹着
想要把整个人间吹破

是什么事这么紧急，困扰着他
一定要让他
在寒风刺骨、空无一人的昏天黑地里
用一颗吹硬的头颅赶路
心里呼呼冒着烟

2020/12/30

我不渴望想说出什么

河里起绵延波浪
我是寒风里，一个人的水岸
太阳悬在头顶，水里摇晃着它
摇晃你
至死的面孔、眸光，与你的乳房
一起经历幽暗时刻
再是一头长发走去，憧憬
或者隐身
那一定是另外一个时空冷却下来
一定是流动之火，我们失去了它

我不想再说，我们正在爱着
走在芬芳的大地
黑暗和欺诈已被照亮
不惧人世有多险恶。不想再说一条河
见证了生与死，那是命数
我是我，岸上走着
水里悠着，人是人的模样。我渴望
不想再说出什么
时间给予我们更多的妖娆
貌似一片春光渡我，今生今世

2020/12/30

几只白鹭飞来过冬

寒风未停
水里、岸上的草木，它们发抖的身子
我看在眼里
却不能责怪阳光

几只白鹭，飞来这片草滩过冬
有时沿着水边走上几步
有水逝时间之慨
却并非如我，说出迷茫
担心一个人的光阴

久居下来，还是就此走掉
心里总是期艾。但在它那边
芦苇正照上一片阳光
一次迂回
也是信步。它们有着足够的定力
我赶路，却不喧哗
互不滋扰，彼此相安
我不想有丁点儿放肆

2020/12/31

2021年 选辑

河岸

2021年的第一天，屋檐滴落昨夜冰水
但风止了

河岸走着人
在夹着寒气的冬阳里，他走着
忽然停下来
找另一个人，说出他去年
还未说完的话题

但我，对你
不说我的伤心事。我只给你春风
和光。假如此刻
你正站成肃穆，或者沿着水边走来
眉宇上打一个结
我只认你的一次抗拒
和心往

2021年元旦

走亲

择立春日
走亲。兄弟几个，难得一起，说到祖籍地
一个人稀地偏的小山村
草木生疏，人事已非

不免唏嘘。又扯眼前事，不分长幼
其言也善。若有非议
便把言辞里的锋芒，交回到二十年
或者三十年前的，一次不该有的口角
让我，或者彼此
在各自的眼神里，冰释前嫌

突然转了话题，说到立春
一条小溪的涟漪中，似有浅浅一层暖光返回
外孙珂，执一枝竹竿
想在这一刻，撬开蛙的口

2021/02/03

探亲

村子太旧了，丢下它
如扔一件旧家什一样率性。人们走了
唯我老家那大娘，执意不肯
对三分地，和一粒稻粱撒手不管
我们每年对她的探望
就像探访一方旧山水
油桐在五月开花，乌桕结白色的籽儿
薯地翻了，种下萝卜、芹菜
豆麦、蒜苗，要长到隔年才算一茬
便有一群麻雀起飞，半空里
它们薄薄的身影
便是落日，一天的时长
山门外，一条小溪在不断地流走

然后，便是屋弄，一处废墟
她正用她的额头垦地。在她抬身之时
一头乱发，如大地荒草被风吹起
越来越背了，不单是耳目
还有心，我们怎样地呼喊
尽力，也扳不转她一生的苍茫
还有我们也无法读懂她的一只老手

一下一下地挥，是怎样的一个歉意
暮晚里的苍茫

2021/02/04

水歌

从太湖东南山麓到大溪、泽国，是这条河
向东，直抵黄琅西门口入海
就是这条河，它有一个忧伤的名字
古叫迂河
迂，是曲折
是葳蕤一生。七分荒原，二分水草，一分明月
一条河，是母亲生病的乳房
喂养稀薄的庄稼，和儿女的前程
波涛消失
心就空了
苦难，和恓惶
是被一株芦苇隐瞒的身世

我们可否记得
在一滴露水里默默低头的谷穗，它以轻盈的呼吸
迎合大地的月光
一粒谷子，是乡亲们干净的骨头
一滴水，是乡村暮晚里的苍茫

收割五谷，在乡土中是一种仪式

匍匐，顶礼，向庄稼一次次鞠躬
而水荒是无尽的苦难
薄暮冥冥
人影散落
祭奠水神的仪式还在举行
天空越来越小，时间在孤独中流浪
父亲端起了秋天的酒杯
一饮而尽

一个时代的风雨，与黎明擦肩
水涨水落
时光之鸟已经飞远
人们在一条河流的额头，刷新它的名字
今天它叫金清港

大地苍茫，梦想辽阔
一条河，诉说着往昔与未来，始终保持
清醒的头脑
有它自己的远方
海潮，晨曦，信念，爱情。用初心
转动年轮
用芦花点燃一条河
一条河回到自己的体内，有一双翅膀
携带血液里的铁
像夜空中的星辰闪亮。水上有丝绸的风
飞起的白鹭。有半生的转身
和九月的田园

村庄掏出灯火，温暖了眼前的路途
我从乡愁里归来
与这条河有着很深的渊源

金清港，我那包含了尘世兴衰的一条河
奔流如昨天
不
它是浴火重生的一匹马
踏上大地另一个征程。马蹄似流星
一路奔袭
水花里飞出歌声，唱彻温黄大地

2021/05/08

故园

——写在自己的生日

光在屋檐上，与另一道光相遇
再从梁上下来，移至壁
而壁年久失修
一直将光吃进去，不动声色
想是一个巨大的空旷，将时间搁置在这里
也封我的记忆
不再渴望说出什么

院门外，一株落日里的乌柏树
光的至暗时刻
还是落日。旧灯笼，高挑于树枝之上
或一小片竹林，寂寞
有如我们的偏见。想是遥远的一个人
变成我现在的一个人
步行，喟叹
站在院壁之前，久久发呆
这一刻，我是虚无。又是我
给出时光的神秘。余光如船
我如过客

2021/03/26

时间之外的寻者

时光既可以将我们扔入一粒尘埃
也可以将我们
从一朵花里撵走，既往不恋
但一定有一个人
从城墙上走下来
正抬头，眺一眼苍天
是西风十月，大地秋草一片

他曾经，一定是一个前行的身影
带一把旧兵器，穿过高山和低谷
回身是落寞
紫阳街，寻不到他的旧住址
我不能代他找回。我也不能陪他
在醉仙酒楼提壶买醉
凭着他唏嘘，仇恨，痛心疾首
一千年的江山，由他一个人心往
或者抗拒。我不是他
时间之外的寻者
身子立在街头，人流如潮
我即现世
我是我的魔咒，蛊惑，和劫数

我向群星说出我的颠沛、障碍
卑微和空蒙

有什么不可以呢？一些事
一开始就彰显
一些事后来才幡然。如果不担心歧途
一个人走下去，你即是我
我即山水，空旷
如果你放弃劫杀的狼道
便是轻逸，一跃山水之外。如果我
提一颗星行走
一切都不在预料之内

2021/04/07

荒郊

这个单薄的女人，立在风里
对我说：他，已经不在了
以至于，两手空空，抓不住
眼前的云烟，和自己

见她如此无助，我应该
停住脚步，安静地陪在她身边
一句话也不说
像一个突然收住乖戾的孩子
小心陪我多灾多难的母亲
或我多年
未见的一个表姐
让她把这辈子，和上辈子的泪
一起对我流下。悲戚之心涌动
我想抱抱她
在这荒郊野外，我所爱的
无非骨瘦如柴，一小株一小株草木
在风里摇晃

如同你，所拥有的
无非是人间一点小温暖，给予也是

天地之间，冷暖自知
如果你正趋凛冽的风中
提着一颗善心回家

2021/04/14

经过湖边

一定是眼前突然有被牵引
内心最柔软处
动了动
停不住的脚步，让我绕到了这里

一边是安静的湖堤
午后的阳光洒下来
是湖边的一个姑娘，她不躲一朵花
正打着她的脸。很多白色的花
落下来，落在辽阔的涟漪

在她那边，此刻的仰望，沉浸
一个人在迷幻里，躲开她的尘世
多么美好。我这边
站在百步之遥，若独享眼前
这份宁静的眩晕
却看不清她的脸，而愈加催发好奇
心怀庸常、期艾、虚妄
甚至发出奇怪声响，都是我所不愿

湖光，落花，是她的一个侧影

存在于我的片刻，已经足够
这一心境影响我在许多时候
遇见美好，静候
像空气，或者暗地里悄悄走掉

2021/04/16

野桑果

采几个野桑果
放入掌心，想分给我曾经的小伙伴
老伙伴
可他们都不在
有些去了远方
由我一个人咀嚼童年
生津
带点酸味

由我一个人回忆
是暮春午后的风，吹那一枝
这一枝也是沉浸
半青不熟，还待时日
我想留给另一个我，另一群
也赶回来
一个都不漏掉
相聚河岸，把暮春的最后几天
分到各自的掌心

2021/04/05

叫她什么

在吉捕岙村，一个妇人给我讲述她的园地
种植，和豆麦的四季
见我如此木然，便悻然走开
我心有惶恐，想喊住她，却不知她有一朵麦花
杏，或者豆娘
土地一样朴实的名字

仅隔一湾水沟，我却不能，在几株苎麻间
回旋有余，或者逾越
甚至于我不能，对一朵正在打开淡紫的小花
响亮地打一声招呼

2021/05/12

一件旧衣衫

在屋外的一根竹竿上晾他的一件旧衣衫
那个人走了

多久了
他还没有走回来，也没有人
知道他去了哪里
竹竿上还挂着他的旧衣衫
像他的一个影子，在风中晃荡
并代替他
向每一个经过这里的人
收取疑问的眼光

比一柄芭蕉叶摇晃
比身边走掉的光影，迅速而不确定

它是悬着的影子，放不下
总有一天要破碎，掉落进泥淖里
这样的破落
这样一个要命的人世，已经
变成什么样子

2021/08/20

那棵树下

一个人低头走路
他要经过远处的一棵树，就此走掉
一群人在那棵树下
停下来，站成各自的架势
像是为了一件什么事
突然争执起来
肢体的起伏有点大

这样的事经常有所发生
三五个人，远远地站在那儿
田野上正吹着绿风
那棵树掀动着快乐的叶子

但我真正的担心要来了
风吹树上的叶子如数掉下
鸟飞走了
雨雪也要跟着过来
那里成了一个荒寂之地

2021/08/22

洗衣女

一大早，女人来到河边洗衣
那边也走来几个，影子之外
蹲着影子
然后是水被搅动的声音

雾气散开，水是清的水
水晃着的，都是年轻的身影

晃着，水的皱纹多起来
洗衣的人，一个一个都已经老了
不见了
河还是这条河
水还在一直流走

后来，是我路过的别处
一个洗衣的小女孩被我看见
她蹲着，起身
那么个小身子
像开在一条溪里的小花朵
一漾一漾
如她一对乌眼珠子

让我想起家乡的那条小河
心里突然害怕起来

2021/08/22

铸件工

熔炉
不断加剧它的温度，将铁块流成水
如瀑倾下
点燃一个人。一勺铁水
是他的一丘田园、蛙鸣，和他妻儿的饭菜香
一勺，一槽
更像地里播种的那个人。坡上秋风
坡下一条回家的路

炉火熄灭下来了
仿佛横亘的一条河，在他的眼前
又一次走失
槽是它的墓穴
比时间死得更快

一个铸件工
站立在槽钢旁，热量在他的身上一点点散尽
他感到疲软
蹲下来，抽一支烟
越来越像逐渐冷却下来的一坨铁

2021/10/17

风在吹

高低的树，树尖之上的阳光
比云朵要低
风要说出太阳的心情
一时找不出合适的话语
风吹着
飘来飘去的云朵
不是它原来的自己

风在吹
等到人间的灯火都熄灭了
还在吹。一整夜
谁家的孩子，一直在哭
突然停了
又响起，是一个女人的哭声
从河的对岸那边传来
时近时远，揪我的心
更像揪住我的尘世不放

还不见天亮
我记不起这是第几次起夜了
看见窗外天幕

不知所措的几颗星闪烁
不知所措树的影子
一下一下摔打着窗玻璃

2022/03/19二次修改

一个人的意念

一列火车正在行进
追风的速度。那些战栗的声音
把一路的铁轨擦得锃亮
又渐熄灭
或许它的到点
也是一条河的原点
在这样一个类似土墩的小站
亮起灯
一个人的意念
随着漫起的暮霭越来越深

如我想到的一些
就像夜色里泛起的一盏家灯
温暖，轻松
一切的结果，和无果
都在耸耸肩，一挥手之间
时间消解我们，燃烧之后，留一撮灰
在风里飘散
再待来年，春至草长
重复了我们的命运

2022/03/19三次修改

孤傲之人

过往时光，只隔一层薄薄的天空
南方始秋
穿过一条又一条阡陌，崎岖山道
脸上的尘埃，如虚空辽阔
一座寺庙的转角，不知道
哪一道门才通向正确的自己
云天迷幻，衣衫尚薄
站在一棵树下，万千枚落叶，被风吹散
孤独，是你的江山
而下一步行程，置身更大的虚幻
一条漫不经心的河流
一壶缓慢沸腾的酒水
与一个女子生命中三千朵桃花飞逝
与你抵达的一万亩波光闪烁

南方的春天来得更早些
三月的阳光摇曳着宽大的衣袖
在花朵上行走
并不需要携带一箩筐诗歌
你只带你只身，问春。此处花落无数
用浅色的手抚摸天空雨水

与人间泪水一样多
这一刻，浅草青枝失去了往日的轻盈
这欲言又止的鸣禽

那里有一个陈年村落，隐逸于树林
一座古旧石桥之上，一个人
正在走过黄昏
想开花的都已开花
不想开花的草木，把脱落的果实
悄悄埋于脚下
只有你，这个孤傲之人
躲在尘世的一个角落，看人群散去
逐渐有了愧疚之心

2022/03/21二次修改

难言之隐

一阵风，从山丘那边吹过来
突然停了
高处的树，低处的草
旮旯的苔藓之上，都是一种
不可名状的漫长时光
一只麂子逃回山林疗伤，一条河
停止了涟漪
我们再次回到了琐屑营生
你不知道我正在接近你，又逐渐
从你起伏的胸脯
取走你的呼吸，和心跳
然后，我头也不回地走了

一张蜘蛛网，泛黄的一个季节
屋檐上浮动着光晕，一些雨滴未落
将落，有难言之隐

2022/03/21二次修改

半边月亮

半边月亮，悬在人家的屋脊
不是朗照
寒彻的风经过这个上空
今夜，每个窗户都挂着它
同时挂着冰霜

从诊所里出来
所有的摊点都已打烊
寂寞的街上跟着我走的
只有我的妻子

半边月亮，与寂寞的路灯同映
照出妻子眼角的泪滴
患病的老父能否熬过今夜

2022/05/25三次修改

一个人在诉说

儿子病了，正赶在长沙的路上
行程三百里
这是个没有桃子的季节
结婚，生子，离异，漂泊
岁月的车轮，载着你
一个活着，却丢了灵魂的稻草人
在异乡的梦里晃来晃去
风吹草低，比草还低的，这世上
除了你，还有谁
不知道，这一趟车驶在何处
下一站，是不是还有
你这个叫桃子的，才可落脚的地方
唉，苦在心里的
怕一喊
便把一座树林的宿鸟喊痛
日落时分
这是异乡的村落
你想起了母亲四月的那场病
把她给累倒了
下一个倒了的，会不会就是
她那崽的娘

下车时，你看见了草木间的飞鸟
在天黑之前
正在逃离它累赘的翅膀

2022/05/26二次修改

她只是一个女人

冷风吹过来
吹薄了两边的田野
瘦小的一个身体，被一袋米压着
她以为这天、这树和河
是被那风吹成歪歪的样子
以为生活本不是这个样子
累了便可歇着，背靠一棵大树
看天上飘飘的云朵
静静地想昨夜梦境

可以是山坡上种桃，春天开桃花
她也便随了这个姓名
可以是最初的乡村和母亲
吹小南风，白月亮
有一个小伙，手持花束
在她的窗下，傻傻地等到天亮
可以以为，这一等，便是一生一世
有多少幸福等在路上
走出去，便不可以折回来

可以以为，这也是父亲走过的路

母亲还在一直跟着
而她只有一个人，一个女人
给自己小小的一个肩上安放苦难
和厄运
今天她走得这么累

2022/05/26二次修改

雨突然下停的时候

我正好看见，一只鸟落在一棵树上
用它的红椽梳理着羽毛
这是下午两点一刻，街上的人
逐渐多起来
各自避开积水的洼，打一个笑脸

此刻，我正在写一首诗的续句
作为一个知情者，由于沉默
错过一次相同的经历
那又怎样
我们的一生要经过多少次雨下来
又突然下停的时候
就像多变的心情
我们把它提起又放下

2022/05/30二次修改

那一年

雨不见停
池塘边的蝉儿一阵紧似一阵地叫

站在树下
我看着父亲将一堆发芽的谷粒
在半湿的地上翻晒以后
垂着手。或蹲着，一口一口抽着闷烟
母亲抱柴薪进了灶间
一半薯丝一半米
屋子里渐渐飘起了饭香
一家的人，陆续从地里回来
挤在屋角
不急着端碗，也没有声张什么
唯有奶奶什么也不干，一整个下午
她坐着，看着父亲
总把苦水咽在肚里，而母亲
将心事再一次转化成我们的需要
她就这样坐着
一直坐在我的记忆里
看着我们
不曾的改变，与一天天的正在改变

2022/08/16二次修改

沉默之人

用一种播种机摩擦出来的声音
穿过城市的广场，
这个沉默的人，多像一阵弯曲的风
想把街衢吹成田塍的模样
并抖落一身的草籽
在市区的一道又一道车辙，下一场雨水
或者落霜

这个沉默的人，他孤独地走来走去
全身散发着青草的香气
在荒凉的白色中，与这座城市苦苦交涉
要让那些幽暗的岁月发芽
你看他做得多么固执，竟带着一裤管的泥水
在大街上走来走去，鞋尖开花
嘶哑的喉咙里长出青草和虫鸣

这个沉默的人，这个不合时宜的乡巴佬
他独自弯曲地走着，从这一头走到那一头
带来乡村纯粹的声响

2022/08/17二次修改

想念一个人

那时的我们，心里有多少星星
就有多少浪涌
每一天赶在路上，期待着多少甜蜜的事情发生
爬过一座山，寻找云朵的家乡

后来，在父辈的镰刀声里，你住下来
我住下来
五月种稻，七月割禾
太阳一半，月亮一半，各自背一篓子回家
再后来，我去城里谋生
蜜蜂住进来，那些花朵面红心跳
像母亲一样分娩
你说，你不能离开它们

现在，当我指着一处低矮的坟茔告诉女儿
这是一个人的岛屿，隔岸的那个人
喊他一声，二十年就过去了

2022/08/17二次修改

悼亡兄

剥去剩余的时间，结局早已埋下
最后的酒瓶张开口，它不说话
那话，一生里剩下的最后一句
连同心中的灯盏一起，被一杯酒淹死

你只是一个路过的人，梦魇一样
在这个人世晃荡
除了母亲，你是你自己的妻儿，和朋友
你把自己的全部变成酒水
把他们一一灌醉，又把他们逐个叫醒
驱走

秋风起了，仿佛树上的叶子如数地落下
你的身体沦陷为废墟
直至没有一粒谷粒在酒水里抽芽
能带给你一点安慰
活着，一生为了打败自己
死了，一个人上路
即便某一天某一晚，突然变成一棵树
站在河边等一个月亮，也是你一个人
彻夜冰凉

2022/07/15二次修改

清明，他忘记了回家

跪下一拜
等故人突然转身，草木动容
或许，泪水只是过去以后的
不再折返
里面的那个人，他只是忘记了回家的路
把他一个人丢在野外
他曾经试着折回，可是他动一下身
就瘦一圈
越来越没有力气了

天黑了，他一定还是照样喝酒
照样是三五瓶五加皮，一小钵花生米
他跟黑暗里的自己干杯
“兄弟，干！”
他的裤腰上别两个旧式手机
喝醉了，就给外面所有他认识的人
打电话
一一无法接通
他一定很失望了，心里十分悲伤
他终于垮了，像他生前
再也喝不动了，但我知道

他还想我去看他，有一句话
一直在他心里憋着
至今尚未对我说出

2022/07/15二次修改

若水诗集《浮生之河》诗友联评

时间的河岸上长出了青草

——简评若水诗集《浮生之河》

亮子

正值八月桂花飘香的季节，欣闻若水兄的诗集《浮生之河》即将出版发行，欣喜之余特向他表示祝贺。他又嘱托我作一简评，是以想到“时间的河岸上长出了青草”这个题目。

《浮生之河》这本诗集按照时间顺序，全书共分六辑。分别为2015年至2016年选辑，2017年选辑，2018年选辑，2019年选辑，2020年选辑，以及2021年选辑。若水兄这样安排定有他的深意，或许时间之手本身就是我们共同的泥坯，我们在其中生长、感知和衰老。这本诗集最大的亮点和特色，应该是附着在时间河岸上长出的青草。每一个细节的描述和诗意的提炼都隐藏在具体而火热的生活细节中，诗意的突显已经像青青草地一样，蔓延开来。比如第一个选辑中的《蔷薇》：“留下所有追赶的脚步，以及空荡荡的秋天/而孤单的蓬勃也便结束了”；《雨落下来》：“所有的草木抬头，或者掩面而泣的样子/我生悲悯之心”；《麦地》：“他们都回到了麦地/他们都回到了云端”。再比如第二个选辑中的《长在父亲残肢傲骨的花》：“哪怕再累再苦，他也要这样砍下去/直到把自己砍完”；《愧疚》：“与一万朵桃花落地/有着同样的愧疚”；《浮生之河》：“而异乡，女人，和从未抵达的翅膀/是这个春夜走失的另一条河流”。这些带有细节生命力和张力的句子，在叙述中已经诗意满满，不需要过多地重复和另外抒情。

第三个选辑中关于母亲的诗句：“说不定，她装着的一篮子东西/什么时候就都丢尽了”“我看见，雨一直在擦洗浮生/和落满灰尘的旧门楣/她的神情，多像我当年的母亲”；第四、第五选辑中的《母亲的麦饼筒》《爆裂无声》《鞭子》等诗篇无一不是探寻生命真谛，从细节入手，让诗意绷紧纸张，给人读后留下掩卷深思的印象。我想这正是这本诗集的魅力所在，也是诗人技艺娴熟和超越自我的体现。

2022/09/09写于甘肃成县

诗人若水试图通过内心的袒露与悲情的书写手法，让有限的外界成为丰富心灵的投影，并把世间万像微缩到个体生命，以此促成普世情感的同频共振。通读若水的诗作不难发现，诗人无论是对生活还是对创作，都怀揣一颗赤诚和敬畏之心，把每一首诗都当成一件精致的艺术品来对待。在诗歌写作实践中，其语言洗练老道，常常出奇而不怪异，于平静中蕴藉多种况味；其诗意的捕捉无论切入在哪里，均擅于启动个性感觉，情绪疏放自然而有制，令人在理性和诗意的融合中感悟良多。

——中国作家协会会员、青年诗人　叶琛

2022/09/05

与草木、鸟雀、人间的小悲喜融为一体

越地诗人若水将最近7年来的作品集结，取名《浮生之河》。这本诗集给出了几个关键词，实践并体验这些关键词或者说主要的落笔对象，是他这些年诗歌书写更为成熟、逐渐生出个人风骨的主要因素。在和“草木”“鸟雀”的互相认同中，他找到南方、江南、沿海充沛而密集的水系，找到逐水而居的故人、亲人，以及自身对于包括生死在内都是“小悲喜”的从容与笃定。

《浮生之河》159首的光影交错，打破了物种隔阂和虚实界限，呈现出万物沟通的本来模样。新诗集是对诗人中年心境的磨炼和萃取，所有采摘的意象都因为与感情主线、诗歌调子产生关联而得以合理成立。整本诗集仿佛是有秩序的澄明，没有混乱的、晦涩的诗学偏见，没有在流水行经的过程中竭力抵达的写作深渊。所有的焦虑和思索都起于分行，终于正常或者日常。在某种程度上，对小事物、小人物间的感同身受，比起大变迁、大疼痛、大觉悟更加具备深不可测的张力，因而更容易在并行和悖行的时空中找到共鸣之处。这是若水诗歌创作中在细节上的明晰和语感上的融汇，是中年书写在平和语境中实现深度和广度的反复练习，更是尊重台州本土“和合文化”的洗礼和新文本。

《诗评人》主编　杨雄

2022/09/06

这是一本内心独白式的诗集。作为一个有哲理意味的抒情诗人，若水在这本诗集中，无论是对自然的关照，还是对

故土与亲人的怀念，这些诗写得忧伤且自觉。注重细节的若水，通过各种细节的铺垫，形象生动地呈现了作者现实与理想、过去与当下的思想冲撞，使诗情有了起伏，显得特别真实，也给读者留下了沉重的回味。

李浔

2022/09/07

翻看《三角帆》诗刊，知道主编若水有着开放并包容的胸怀。进一步品读他的诗歌，又知道他是一个专注的人。在若水的诗集里，满眼是他的温岭、他的乡村风物和故乡人民。除此“邮票大的故乡”之外，他几乎不写其他的内容。故乡是诗人进入和观照客观世界，进而创造主观世界的出发点和目的地。这是一种方法论上的智慧。读若水的诗，温岭的时光切片纷至沓来，使我们清晰地看见闪烁的命运，看见诗人悲悯的心绪。“我是虚无。又是我/给出时光的神秘。”在温岭，若水与世界完成了相互救赎，他安静地、温情地注视着故乡的浮沉凉热，努力寻找和放大它生生不息的精神黄金。在方式上，若水实践了现实主义；在情怀上，若水点燃了美善之火。他以成熟的叙事，实现了静水深流般的抒情，他把恰到好处的震颤传递给无数心灵，引渡人们走向神性的彼岸。他应该有大成就。

《黄河三峡文艺》主编　何其岗

2022/09/10

若水的才华是多方面和多维度的。且不谈他的小说艺术，仅从这本诗集来说，其诗歌语言的真挚，情感的充沛和穿透力，已经远远超过了同时代的很多作者。他的诗歌表达早熟而晚成，就像河水一样，几经流淌曲折，终究汇入了汉语言的海洋。

藏马

2022/09/13

读若水诗集《浮生之河》

读若水最近的诗，我足足用了七天，从溪畔到麦地，从山野到老街，从架上的蔷薇到午后的树，从芒种、处暑到冬至。细细地读，慢慢地读，把若水读薄，把若水的七年读成七天。

读若水的蚁命，读若水的风吹，读梨花从枝头落下，读单纯的午后，读一滴雨落在腐朽的声音里，读若水的身不由己，情非得已，掷地有声。多好的诗人呀！他让蔷薇开在某个角落，让树木葱茏，让大地寂静无声，让蔷薇蓬勃地盛开，蓬勃地孤独，直到死去都充满力量。

和若水擦肩而过的那个女人，肩上有苦难。小南风，白月亮，还有穿过她瘦弱的身体里的那些刺骨的风，都不能让她停下扛着一大袋玉米和生活的脚步。若水知道这个女人走累了，苦难和厄运还是推着她，往前一点一点地挪。

灯盏被风吹灭的是若水的兄长，被一杯酒淹死的也是若水的兄长，一生以己为敌的一个人在尘世晃荡的人，仍旧是若水的兄长。一个人站在夕阳里读若水写给兄长的诗，我们不敢吟，生怕若水听了会哭。夜凉如水，我们也不肯回家，兄长不在了，若水无家可归。

不敢和若水一起站在溪畔，诗人的孤独，流水的寂寞，山林的清冷寒凉，没有人经过我们的寂静，我们沉默的灵魂，谁来救赎？用什么来救赎？

芦苇是从诗经里出走的蒹葭，我害怕站在几棵白了少年头的植物旁，不敢写生，不敢大声唤它们的名字，生怕惊扰一岸的晚风。任夜色从芦苇的肩头一路深到脚底，也不敢点灯，生怕瞥见坐在他们中间的若水。他有太多的空不为人知，他怀揣的刀子，同样不能示人。

读若水的阳春三月，麦子、油菜、稻子、瓜果，叶子里的呼吸、虫鸟的光影、流水的低音区。我想若水应该是光着脚走近了它们。乡野如此的美好，若水就用诗指给我们看。

说起“故乡”这两个字，我们一边看，一边流泪。千疮百孔的就用乡愁去填补，生病失忆的就用谷子当药引。若水的诗里，每一首都藏着一张回春的妙方。

读一首诗就跟着诗人走一条路，读一本诗集就给自己找到了第三条路。这些年日子有点艰难，我愿意跟着若水和他的诗篇，面对生活的丑恶，不错过美好。

致敬每一首好诗，致敬每一个好好写诗、好好生活的人。

蓝朵

2022/09/10

一些在陷落，一些在上升

——若水组诗《一直持续着的塌陷》简评

涂国文

诗人若水发表在《齐鲁文学》（2017年春之卷）上的《一直持续着的塌陷》（组诗），整体上是象征主义的。“塌陷”这个中心词，零度指陈了一种时代的真相：一切都在陷落。

在这一组诗中，与“塌陷”同属一个词语系统的，还有“陷落”“落下去”“淹没”“深陷”“熄灭”“死亡”“失重”等。这本身就意味着，世界的塌陷，并不止于一地一时，而是全方位地持续沉落。

词语是世界的秘密。世界的沉落、价值体系的崩塌、道德的沦丧，已演变为一场人类的大灾难。“岛礁淹没/海浪一次次淹没了自己，和我们/一直持续的恐惧”（《一直持续着的塌陷》）；“熄灭的是火，是花的容/熄灭的是招展”（《红珊瑚》）；“一只船沉没在了海洋，渡口/留下它的全部悲怆”（《渡口》）；“有一只孤独的船/载着漂泊的人生……没有到达的岸……方向不明”（《孤独的船》）；连“山顶上此时响起的寺庙钟声”，也“缓慢地落下来/像失重的尘埃”（《珠游溪暮色》）……

与“塌陷”相对应的，是“沉默”。沉默是无奈、软弱和悲哀，沉默是无助、痛苦和煎熬，沉默是孤寂、冷漠和无情，沉默是抗议、忍耐和等待。与“沉默”同属一个词语系统的，诗歌中还有“恐惧”“感伤”“迷糊”“孤独”“寂寞”“无言”“虚无”“击伤”“慌慌”“悲怆”“揪心”“静默”“恍惚”“悲哀”“矮下来”，等等。“在无处不在的陷落中”，“我一直沉默”《一直持续着的塌陷》。这种面对世界的塌陷所表现出来的悲哀感、无力感，不只是诗人的个体心理反应，更是全民普遍的心理反应。

组诗中的六首诗都与水有关：海——海中有不断涌来的风浪、被一万次击穿的礁石、感伤的航程和熄灭了火焰的病珊瑚；河流——河流中有方向不明、永难靠岸的孤独的船；溪——溪水薄纱蒙面。此外，还有岛、渡口、海湾等。这一片迷离的水，这“一望无际的白”，像极了精神世界中一场迷茫的雪。理想的“白马”深陷于其中，“折戟沉沙”。

整首组诗题旨非常显豁：我们都置身于时代的巨流中，在一片迷茫的水域中，孤独而茫然地漂泊着。诗歌生命意识与时代意识相交织，怅惘、低沉、静默、哀伤，直击心扉。

“生命投身于大海/一千多年了，还在燃烧的火”（《红珊瑚》）。火焰的方向是上升的，即使被熄灭，它燃烧的灵魂也不会死亡，记忆会在“石头的痛”中永远醒着。如同那个“在橘黄色夕阳里”转身的孩子，海洋中毁灭的诱惑，怕是终归无法敌过半岛上希望的呼唤（《渡口》）；又如那个“在河边独自静立”的曼妙姑娘，身体里却有着无数波涛（《珠游溪暮色》）；“海鸟也逐渐多了起来/他们在低空的暖阳里/快乐地飞上飞下”（《海湾》）。

世界在陷落。然而在陷落的背后，火焰正在上升。

2017/03/22夜

涂国文，诗人、作家、评论家，文学创作二级，浙江省作协会员。著有诗集、随笔集、中篇小说集，文学评论集和长篇小说集多部。作品入选“浙江新实力”文丛、“浙江省优秀文学精品扶持工程”，获“井冈山文学奖”等。